AF288818

Jens Klausnitzer

Advent, Advent, die Pyramide brennt

24 himmlische Rätselkrimis.
Ein Adventskalender

Jens Klausnitzer

Advent, Advent, die Pyramide brennt

24 himmlische Rätselkrimis

Ein Adventskalender

benno

Bibliografische Information der Deutschen Nationalbibliothek
Die Deutsche Nationalbibliothek verzeichnet diese
Publikation in der Deutschen Nationalbibliografie;
detaillierte bibliografische Daten sind im Internet unter
http://dnb.d-nb.de abrufbar.

Besuchen Sie uns im Internet:
www.st-benno.de

Gern informieren wir Sie unverbindlich und aktuell
auch in unserem Newsletter zum Verlagsprogramm,
zu Neuerscheinungen und Aktionen.
Einfach anmelden unter www.vivat.de.

ISBN 978-3-7462-6392-2

© St. Benno Verlag GmbH, Leipzig
Umschlaggestaltung: Ulrike Vetter, Leipzig
Umschlagabbildungen: © istockphoto/Ollustrator (Pyramide), © AliG-
ris/shutterstock (Streichholz); Illustrationen innen: stock.adobe.com/
bioraven.
Gesamtherstellung: Kontext, Dresden (A)

Ermittler gesucht

Ich bin Pfarrer David Schwarz von der Pfarrgemeinde St. Johannes, deren Mitglieder auch mein Bruder Martin, Pfleger im Linden-Klinikum, und meine Schwägerin Franziska, Kriminalhauptkommissarin bei der Polizei, sind.

Weil mein Bruder Martin und ich Franziska in der Adventszeit helfen wollen und deshalb vermutlich in ihre Ermittlungen geraten werden, haben wir eine möglicherweise auch für Sie interessante Idee:

Was halten Sie davon, wenn wir hier alle Fälle und unsere Ermittlungsergebnisse aufschreiben und Sie – sozusagen als die in der Verbrecherwelt gefürchteten internen Ermittler – diese Fälle noch einmal bearbeiten, lösen und so überprüfen? So können wir dann auch gemeinsam sicher sein, die richtigen Täterinnen und Täter gefunden zu haben. Acht Augen sehen ja bekanntlich mehr als lediglich die sechs von Franziska, Martin und mir.

Das wird natürlich jetzt, wo die Tage besonders kurz zu sein scheinen und die Zeit sprichwörtlich wie im Flug vergeht, bestimmt keine einfache Aufgabe, wäre aber für uns alle sehr hilfreich.

Falls Sie mit der Lösung eines Falls einmal nicht weiterkommen sollten oder falls Sie sich mit uns abstimmen wollen, dann finden Sie unsere Überlegungen zu den Fällen am Ende dieses Buches.

Sie sind dabei, Sie helfen mit? Das ist wunderbar! Wir freuen uns sehr und danken Ihnen herzlich! Nun sollten wir aber mit unseren gemeinsamen Ermittlungen beginnen. Dafür wünschen wir Ihnen und uns viel Freude und viel Erfolg und Ihnen außerhalb Ihrer Arbeit als Detektivin oder Detektiv eine wunderschöne Adventszeit.

Herzlichst –

Ihr Pfarrer David Schwarz

Die Krippe

Wieder war ein Jahr vergangen, wieder durfte ich an diesem Morgen ein kleines Blatt mit der Aufschrift „30. November" vom Kalender an der Wand im Pfarrbüro abreißen – und wieder freute ich mich über diesen ersten Dezembertag und die nun beginnende Adventszeit. Während ich meinen morgendlichen Kaffee genoss, sah ich durch die Scheibe den Flocken zu, die im gelben Schein der Straßenlaterne vom Himmel schwebten. Sie konnten sich offenbar nicht entscheiden, waren einmal auf relativ geradem Weg unterwegs zum Boden, entschieden sich ein anderes Mal um und beschlossen, sich einfach auf die Krippenfiguren treiben zu lassen. Die teilweise knapp zwei Meter hohen, von fleißigen Gemeindemitgliedern aus Pappmaschee angefertigten Werke standen, noch geschützt unter dunkelblauen Planen, in einer Reihe nebeneinander in der übergroßen Krippe neben der Zufahrt.

Andere lösen Rätsel oder lesen Bücher mit Ratekrimis, ich wählte zu dieser morgendlichen Stunde eine andere Methode, um mich geistig in Form zu halten. Ich versuchte, mich zu erinnern, welche der eingepackten Figuren wo stand. Sehen konnte ich sie unter den Abdeckungen nicht, ich musste mich beim Erinnern schon ein wenig anstrengen.

Hatten wir ganz links Josef abgestellt und ganz rechts Maria? Oder doch nicht? Doch, sicher, sie beschützen die anderen Figuren dazwischen. Rechts neben Josef wartete Melchior, links neben Maria der Hirte. In der Mitte aufrecht das eigentlich liegende Jesuskind. Natürlich, ich selbst hatte es sorgsam umhüllt. Rechts daneben Balthasar, links daneben Caspar. Und schließlich links neben dem Hirten das Kamel und rechts neben Melchior der Hund. Richtig! Engel und Schaf nicht zu vergessen: Der Engel stand links neben Caspar, das Schaf rechts neben Balthasar. Ich war stolz auf mich. Und sicher, dass ich mich fehlerfrei erinnert hatte.

Am Nachmittag sollten die Figuren noch einmal überprüft und dann enthüllt werden, ihre endgültigen Plätze in der Krippe erhalten und danach nicht nur die Gemeindemitglieder erfreuen.

Als ich an den Predigten für die Feiertage zu arbeiten begann, klingelte es am Pfarrbüro. Nicht einmal oder zweimal, sondern ohne Unterbrechung. Zwei Männer aus unserer Gemeinde standen vor der Tür, der eine bewaffnet mit einem Besenstiel, der andere mit einer schweren Taschenlampe in der Hand. Die Wahrscheinlichkeit, als Pfarrer überfallen zu werden, ist zwar relativ gering, aber mir war Derartiges leider schon passiert, deshalb wich ich vorsichtshalber zurück in den Flur und hob abwehrend die Hände.

„Herr Pfarrer, der Rieth ist tot, der Bredau hat ihn niedergestochen. Wir haben es selbst gesehen und sind ihm bis hierher zur Kirche gefolgt. Er muss hier irgendwo sein!" Die Männer versicherten, keinen Alkohol getrunken zu haben, wie ich zunächst vermuten musste. Sie hatten tatsächlich einen Mord beobachtet und den Mörder verfolgt! Ich rief Franziska an, die gerade unterwegs zum eigentlichen Tatort war, dann überlegten wir in der Sicherheit des Gebäudes gemeinsam, wie wir in der Dunkelheit am effektivsten das Grundstück um Kirche und Pfarrhaus absuchen konnten, ohne uns selbst zu gefährden. „Da, da ist er!", hauchte der am Fenster stehende und hinausschauende Helfer während unserer Planung auf einmal und wir erstarrten. „Die Plane der fünften Figur von rechts, die hat sich bewegt! Aber es weht kein Wind! Der hat sich darunter versteckt!"

Wissen Sie, zu welcher Figur wir meine mit mehreren Kollegen eintreffende Schwägerin, die Kriminalhauptkommissarin, im Schein des flackernden Blaulichts zur Festnahme des Täters schicken mussten?

Der
Geschenkdieb

In der Wohnung von Frau Reber in der zweiten Etage brannte Licht, in den Wohnungen von Herrn Hauck in der vierten und Herrn Koch in der ersten Etage auch. Die anderen Wohnungen lagen im Dunkeln, die Mieter dort waren noch im vorweihnachtlichen Trubel in der Stadt oder auf dem Weihnachtsmarkt unterwegs und nicht zu Hause. Doch auch in einigen dieser Wohnungen strahlte Adventsbeleuchtung hinter den Scheiben, ein Schwibbogen, ein Stern oder eine Kerze. Ich hätte an diesem kalten Dezembernachmittag also gleich vier alleinstehende Gemeindemitglieder in diesem Haus besuchen können.

Aber ich war nur mit Frau Finck in der dritten Etage verabredet, die mit mir über die Probleme in der Ehe von Tochter und Schwiegersohn reden und überlegen wollte, ob nicht ich einmal mit den „jungen Leuten", die beide die fünfzig längst überschritten hatten, sprechen sollte.

Ich schloss meinen Wagen ab, rutschte dabei auf der vereisten Fläche daneben aus und hielt mich am Griff der hinteren Tür gerade noch so aufrecht, erreichte die Tür des Wohnhauses aber dann doch unfallfrei.

Frau Finck scherzte gern und oft, deshalb empfing sie mich nach meinem Klingeln schon an der Sprechanlage mit einem „Herr Pfarrer, schaffen Sie es bis zu mir nach oben oder soll ich Ihnen ein Taxi rufen?" und einem Kichern. Tapfer bemühte ich mich, trotz meiner dicken Winterkleidung, die ich gewissermaßen mit in die dritte Etage tragen musste, nicht zu schwer zu atmen. Was mir wegen der unfreundlichen Treppenstufen in diesem Altbau nur bedingt gelang. Frau Finck lachte. „Das nächste Mal trage ich Sie selbst hoch, Herr Pfarrer, sonst brechen Sie mir noch zusammen!"

Zum eigentlichen Grund meines Besuches kamen wir natürlich erst einmal nicht, aber das hatten wir beide vorher gewusst. Ich musste den Kaffee, probieren, „extra stark und heiß, weil es doch draußen so furchtbar kalt ist", und ich durfte die Plätzchen prüfen, „mit Liebe und kalorienarm gebacken, damit sie nicht sofort auf die Hüften springen". Und ich wurde fast genötigt, es mir dabei in einem Sessel so richtig bequem zu machen, um mich von den Mühen des qualvollen Aufstiegs in die dritte Etage zu erholen.

Als ich dieses Programm absolviert hatte und in ihren Augen körperlich einigermaßen wiederhergestellt war, klingelte es an der Wohnungstür. Frau Finck ging öffnen, kehrte zurück und holte mich. „Es ist die Frau Stein aus der fünften Etage, die kennen Sie noch nicht, aber die müssen Sie unbedingt kennenlernen!" Wir wurden uns gegenseitig vorgestellt und ich hatte den Eindruck, dass die liebe Frau Stein nicht ganz zufällig gekommen und der dringend fürs Backen benötigte Zucker nur ein Vorwand war.

Wir unterhielten uns an der Tür der Wohnung von Frau Finck über dies und das, die Weihnachtszeit mit all ihren schönen und anstrengenden Dingen natürlich, das zu erwartende Wetter an den Feiertagen und die bald anreisende und äußerst anstrengende Verwandtschaft. Und obwohl sie mehrfach betonte, dass sie leider nur kurz bleiben könne, weil sie ihre Wohnungstür offen gelassen habe, blieb sie dann doch länger.

Irgendwann aber ging sie doch. Um höchstens drei Minuten später, als wir längst wieder am gemütlichen Kaffeetisch Platz genommen hatten, aufgeregt zurückzukehren.

„Das Geld ist nicht mehr da, es ist weg, es wurde gestohlen!", ließ sie uns unter Tränen wissen. „Das Weihnachtsgeschenk für die Kinder, das ich auf der kleinen Kommode im Flur bereitgelegt habe, falls sie überraschend auftauchen."

Sie taumelte beinahe in die Wohnung und wurde ebenfalls mit frischem Kaffee und Plätzchen beruhigt. Bis zum Eintreffen meiner Schwägerin Franziska verschloss ich vorsichtig die Wohnung der bestohlenen Frau und dachte gemeinsam mit den beiden Damen darüber nach, was wir in der Zeit unseres Gespräches gesehen hatten. Und vor allem auch, was nicht.

„Da ist doch niemand an uns vorbeigegangen, gar niemand!", erinnerte sich Frau Finck und Frau Stein nickte. „Niemand war hier nach oben unterwegs, niemand nach unten, aber trotzdem ist das ganze schöne Geld weg!"

Wissen Sie, wer der Täter war?

Eiskalt entsorgt

„Sie haben etwas gesehen, was Sie nicht hätten sehen dürfen, Herr Pfarrer!", stellte der Unbekannte, der mich nieder-
geschlagen, gefesselt und im Schnee an einen Zaun gezerrt
hatte, völlig emotionslos fest. „Und sosehr ich es bedauere,
auch für einen Pfarrer und auch bei zwei Grad minus gilt
das, was für jeden anderen Menschen gilt, der etwas gesehen hat, was er nicht hätte sehen dürfen: Er muss verschwinden!"
Dieses Verschwinden aber sollte nach den Vorstellungen
des Mannes keines sein, bei dem er mir eine Bratwurst und
einen Glühwein für die lange Reise nach Hause einpacken
und mir zum Abschied nachwinken würde. Dieses Verschwinden sollte ein endgültiges sein. Er wollte mich töten!
Ich erlaubte mir also die bescheidene Frage, was ich eigentlich so Schlimmes gesehen hatte, weil ich es wirklich nicht
wusste. Den Mann, der mich überwältigt hatte natürlich, als
der von seinem Haus etwas in Richtung Zaun trug. Aber
was war so schlimm daran, auch wenn er das in der Dunkelheit in einer beschaulichen Siedlung tat?
„Es spielt keine Rolle mehr, Sie werden es nicht mehr gegen
mich verwenden können, also erzähle ich es Ihnen einfach:
Es war nicht mein Haus, vor dem Sie mich gesehen haben,
es war das Haus meiner Nachbarn. Dort habe ich mir ein
paar Sachen geholt, die sie nicht gleich vermissen werden,
die ich aber online einfach verkaufen kann. Und ein biss-

chen Bargeld, nicht zu viel, damit sie es nicht bemerken, aber genug, um mir ein wenig zu helfen. Das habe ich nicht zum ersten Mal gemacht." Er lachte prustend. „Deshalb wundern sich im Moment alle über sich selbst und meinen, dass sie nicht mit ihrem Geld haushalten können und Dinge einfach verlegen und nicht mehr wiederfinden. Und keiner kommt auf den schlauen Nachbarn, der sich im Laufe der Jahre einen beachtlichen Vorrat an Nachschlüsseln anlegte, wenn er mal kurz den Originalschlüssel für den Empfang eines Paketes oder das Gießen der Blumen bekam."

Deshalb gefiel es ihm natürlich nicht sonderlich, dass ihn ein Pfarrer zufällig beim heimlichen Hausbesuch bei den Nachbarn beobachtet und dieser Pfarrer auch noch instinktiv stehen bleibt, weil er der Meinung ist, dass der Mann Hilfe beim Tragen benötigt. Aus seiner Sicht verständlich, für mich in der Adventszeit eher ungünstig.

Ich wurde zügig gepackt und an meinen auf dem Rücken gefesselten Händen durch den Schnee gezogen, auf die gleiche Weise durch ein Tor nach draußen auf die winterlich zugeschneite Wiese gebracht, wobei ich eine beeindruckende Spur im Schnee hinterließ. Vielleicht würde sie jemanden so sehr interessieren, dass er ihr später folgen, mich entdecken und befreien würde. Hoffte ich.

Zunächst aber bemühte ich mich, bei meinem Transport freiwillig mitzuhelfen und mich mit den Füßen abzustoßen, damit der Druck auf meine geschundenen Hände nicht noch größer wurde. Als ich wegen der Anstrengung keuchte und der Schmerzen stöhnte, hielt es der Mann für notwendig, mir den Mund zuzukleben. Wir kamen an ein paar Bäumen an und er holte aus ...

Als ich erwachte, lag ich in einem hellen Krankenhausbett, neben dem meine Schwägerin Franziska saß. „Ich fand deinen Anrufversuch etwas seltsam, d e Geräusche erst recht. Deshalb ließ ich dein Handy orten und wa᾿ erstaunt, dass sich ein Pfarrer an einem Adventsabend in der Dunkelheit auf einer Wiese herumtreibt!"

Sie zog ihr Smartphone aus ihrer ᾿acke. „Weil du im Moment nicht zu einer Gegenüberstellung ins Präsidium gehen darfst und die Verdächtigen nicht zu dir kommen können, habe ich dir ein paar kurze Hörspiele mitgebracht." Mit einem Finger wischte sie auf dem Display herum. Und ich hörte, wie Franziska von einem Herrn Entrop gefragt wurde, ob sie bei drei Grad unter null nicht ins Haus kommen und sich aufwärmen wolle, wie ein Her᾿ Lange klagte, dass es eine Frechheit sei, ihn bei minus drei Grad an die Haustür zu locken, und einen Herrn Uhde säuseln, e ne schöne Frau bleibe auch bei drei Grad minus schön. Ich erkannte keine der Stimmen als die meines Peinigers ...

Wissen Sie, wer der Täter war?

Mord unter Freundinnen

„Ich bin eindeutig das klügste von uns vier Mädchen, das haben wir alle ja vorhin bei der Diskussion um hell und dunkel wieder gesehen!", hörte ich in der Herrentoilette der Gaststätte eine schrille weibliche Stimme aus der Damentoilette hinter der Wand nebenan. „Ich war die Einzige, die gewusst hat, wie es richtig ist. Aber das habt ihr natürlich nicht gemerkt. Ihr merkt ja auch nicht, wenn andere Mädchen traurig sind, weil ihr ihnen die Kerle wegnehmt. Damit ist aber jetzt Schluss – für immer und ewig!"

Eigentlich besuchte ich die Gaststätte, um mich bei einem kleinen Kaffee ein wenig aufzuwärmen und mich kurz vom Adventstrubel im wieder festlich geschmückten Stadtzentrum zu erholen, weshalb ich mir im Waschraum rasch den winterlichen Straßenstaub von den Händen spülte. Ich hatte also Pause und wollte mich nicht in die Streitigkeiten anderer Menschen einmischen.

Als ich dann allerdings nach allem, was ich von nebenan gehört hatte, so gar nichts mehr hörte, änderte ich meine Meinung und beendete meine Pause noch vor dem Genuss des Heißgetränks. Schließlich bin ich Pfarrer, ganz gleich, wo ich bin, zu welcher Stunde auch immer. Die Schwelle zur Schamlosigkeit musste ich auch als möglicher Helfer in der Not gar nicht erst überschreiten, denn die Tür zur Damentoilette stand offen. Und in dieser offenen Tür lag eine Frau ..

„Tot!", konstatierte Kriminalhauptkommissarin Franziska Schwarz, meine Schwägerin, die mit beeindruckend rosaroten Einmalhandschuhen neben dem Opfer kniete. „Erstochen. Möglicherweise mit dieser Nagelschere, die uns die Täterin freundlicherweise am Tatort hinterlassen hat. Nur ein einziger Einstich, mit einer Präzision gesetzt, die mich an eine medizinisch ausgebildete Person als Täterin glauben lässt. Durch den Stich wurde die Arteria carotis verletzt, auch als Halsschlagader bezeichnet, die Frau verblutete. Das erklärt, warum es hier etwas ... unordentlich aussieht."

Meine Schwägerin drehte sich zu mir um. „Ein Pfarrer steht auf einer Herrentoilette an einem Waschbecken und belauscht Frauen auf einer Damentoilette. Ich muss mir doch keine Sorgen um dich machen, oder doch?"

Bevor Franziska oben in einem kleinen Nebenzimmer der Gaststätte die Befragung der verbliebenen und nun verdächtigen „Mädchen" begann, bereitete sie sich in ihrer ganz eigenen Art gründlich darauf vor. Sie trank den von mir bestellten und nun als erfrischendes Kaltgetränk wartenden Kaffee aus, nickte anerkennend und bestellte einen weiteren, den sie mit in den Raum nahm. Die Suche nach einer medizinischen Fachkraft führte ins Nichts, denn keine der Verdächtigen war Krankenschwester oder Ärztin. Auch Hinweise auf eine fehlende Nagelschere in einer der Handtaschen fanden die Beamten bei den Durchsuchungen nicht. Während die Kommissarin die erste Dame befragte und zwei uniformierte Kollegen dafür sorgten, dass sich keine der anderen beiden entfernte, bestellte ich mir ein Wasser. Warm genug war mir inzwischen ja vor Aufregung geworden.

„Die vier Weiber haben mit ihrer Diskussion die ganze Gaststätte unterhalten und drei von ihnen haben sich dabei entsetzlich blamiert!", verriet mir die junge Frau, die mir das stille Wasser brachte. Einem Pfarrer vertraut man eben manchmal etwas an, was man einer Polizistin nicht sagt, dachte ich. „Keine Ahnung, warum die kurz vor Weihnachten Probleme mit der Sonne haben, die sieht man doch bei dem Wetter sowieso nicht." Ich bat sie, sich kurz zu mir zu setzen, was sie in dieser besonderen Situation auch sofort tat.

„Im Sommer werde es eher hell und eher dunkel als im Winter, behauptete die Rothaarige, und die mit den braunen Haaren meinte, im Sommer werde es später hell und später dunkel als im Winter. Die Blonde wieder rief, im Sommer sei es eher hell und später dunkel und die mit den langen schwarzen Haaren meinte, dass es später hell und eher dunkel sei."

Ich erzählte Franziska davon und wir gestanden uns gegenseitig, dass auch wir nicht sofort wussten, wer die Täterin war, die das mit hell und dunkel richtig zusammengefasst hatte ...

Wissen Sie es vielleicht?

Das vergiftete Geschenk

Ein fast bis zur Decke reichender Christbaum in der Ecke des Konferenzraumes, der dem Schild neben der Tür nach der „große Konferenzraum" war, wunderschön bunte Kugeln an diesem Baum, eine elektrische Lichterkette mit cremefarbenen, künstlich flackernden Kerzen, daneben ein Tisch mit einer Decke mit weihnachtlichen Motiven und darauf ein Adventsgesteck mit vier Kerzen sorgten für eine weihnachtliche Stimmung.

Nicht ruhig und friedlich und damit überhaupt nicht weihnachtlich fand ich allerdings das, was die drei Männer am mit mindestens zwölf Stühlen ausgestatteten Konferenztisch aufführten, an dem sie nur drei Plätze belegten und damit in dem großen Raum etwas verloren wirkten. „Das kannst du vergessen, du Idiot, das mache ich nicht mit, das lehne ich kategorisch ab!", brüllte der Mitarbeiter mit dem schon lichten Haar, seinen Stuhl zurückstoßend und aufspringend. „Das ist doch totaler Schwachsinn!" Erbost stemmte er die Hände in die Hüften und sah die beiden anderen Männer herausfordernd an.

Einer der Angesprochenen erhob sich ebenfalls und dröhnte: „Ach ja? Und dein Schwachsinn ist nicht schwachsinnig? Das glaube ich mal nicht, mein Lieber! Und deshalb lehne ich deine Idee ab, ebenso kategorisch wie du meine!"

Ich stand nach meinem unbeantworteten Klopfen noch immer in der Tür, regte mich nicht und ärgerte mich nur.

Warum war ich auf das „Der ist nicht in seinem Büro, der hat Pause und ist im Konferenzraum!" der jungen Dame am Empfang nicht einfach wieder nach Hause gegangen? Warum musste ich unbedingt jemanden in seiner Pause stören, nur weil ich mit ihm verabredet war?

Aber ich war nicht Pfarrer geworden, um nur an Sonntagen im Schutz unserer Kirche zu predigen, sondern auch, um in schwierigen Situationen Menschen dazu zu bewegen, respektvoll miteinander umzugehen und einander zuzuhören. Meinen verbalen Vorschlag zur Güte konnte ich aber nicht unterbreiten, denn schon als ich „Entschuldigung!" hüstelte, donnerte mir ein gemeinschaftliches „Raus!" entgegen, das einer der Herren mit dem gefährlichen Werfen von gar nicht natürlichen Tannenzapfen in meine Richtung betonte.

Der Beschuss wurde zwar umgehend eingestellt, als man mich als Pfarrer erkannte, aber ich akzeptierte das geheuchelte „Oh Gott, Herr Pfarrer, Ihnen ist doch hoffentlich nichts passiert?" nicht und trat wegen der bewaffneten Übermacht den sofortigen Rückzug an. „Ihr Konferenzraum hat leicht erhöhte Temperatur", teilte ich der Frau am Tresen mit. „Es scheint, als träfen die Herren weitreichende Entscheidungen über die künftige Entwicklung Ihres Unternehmens!"

Sie lachte. „Nö, die treffen gar keine Entscheidungen, die streiten sich nur über das Wichteln heute Nachmittag, also die alljährliche Quälerei, bei der die Mitarbeiter einander beschenken."

In den nächsten Minuten lernte ich, dass jedes Team aus sechs Mitarbeitern bestand, in jeder Gruppe eine Liste mit den von eins bis sechs nummerierten Namen erstellt wurde und üblicherweise jeder ein kleines Geschenk kaufte, einzeln und unbeobachtet in einen weihnachtlich geschmückten Korb legte und sich selbst zu einem vorher festgelegten Zeitpunkt einfach ein Geschenk entnahm. In allen Gruppen würde das auch in diesem Jahr wieder so sein und hervorragend funktionieren, in der mit den aufgebrachten Männern im Konferenzraum aber nicht. „Dort sollen der Erste und der Vierte auf der Liste ein Geschenk austauschen, der Zweite und der Fünfte und so weiter. Darüber streiten die jetzt schon seit einer halben Stunde. Weil es nach der alten Methode theoretisch möglich sei, dass für jemanden nur noch sein eigenes Geschenk übrig bleibt, das furchtbar wäre und mit allen Mitteln verhindert werden müsse."

Wissen Sie, wer von den Herren Veit, Florian, Julius und den Damen Ines, Cleo und Paula mit nacheinander den Nummern eins bis sechs vor ihren Namen der Täter war, wenn Sie wissen, dass das später in der neuen Art verschenkte Geschenk für den Mitarbeiter Nummer drei vergiftet war?

Autotausch
in der Tiefgarage

Der leere Einkaufswagen rammte fast meine Wagentür, als ich sie öffnete und mich in den weihnachtlichen Flockenwirbel auf dem Parkplatz des Supermarktes wagen wollte. Oder aus anderer Sicht: Ich hielt fast die Person mit dem Einkaufswagen auf, die vielleicht zügig den soeben gekauften Weihnachtsbraten nach Hause zu bringen gedachte.

„Na, sagen Sie mal!", sagte ich trotzdem, obwohl ich mich zu mindestens fünfzig Prozent schuldig an dem Beinahe-Zusammenstoß fühlte. Der zeitlich befristete Besitzer des Einkaufswagens hielt dagegen. „Hallo? Sie haben doch ...!" In dem Moment, in dem sie das so sagte, erkannte ich ihre Stimme. Die energische Person war Kriminalhauptkommissarin Franziska Schwarz, meine Schwägerin.

Wir umarmten uns, freuten uns, dass wir uns trafen, und unterhielten uns, nachdem Franziska den Wagen weggebracht hatte. Nicht über Gott und die Welt, wie man immer so sagt, sondern darüber, wie wir unser Zusammensein mit meinem Bruder an den Feiertagen organisieren konnten. Nebenbei beobachteten wir interessiert das Unterhaltungsprogramm, das uns an der Einfahrt zu der kleinen Tiefgarage des Supermarktes geboten wurde. Die nämlich nutzten nur wenige Autofahrer, weil das Einfahren kompliziert und abenteuerlich war und dort unten viele störende Säulen warteten. Da fror man doch lieber draußen auf dem Parkplatz und kratzte dort das Eis von den Scheiben.

An diesem Tag allerdings wagten es doch einige. Und so sahen wir ein grünes Fahrzeug abwärts rollen, das fast mit der weißen Mauer kollidierte, ein blaues vorher dreimal vor- und zurückfahren, ein rotes zielgenau hineinrutschen, ein weißes sekundenlang unentschlossen vor der schwarzen Rampe warten und ein silbernes, dessen Bremsleuchten ängstlich flackerten. „Heraus kommt aber keines!", bemerkte meine Schwägerin. „Na ja, die werden froh sein, diese schwierige Aufgabe bewältigt zu haben, da wollen die sich nicht gleich wieder an der Ausfahrt abarbeiten müssen."

Ein paar Minuten später, als wir wegen des einsetzenden Schneefalls in Franziskas Wagen saßen und dort weiter miteinander sprachen, änderte sich das aber. Der weiße Wagen schoss heraus, weil es da unten vielleicht zu unheimlich war, der grüne rollte heraus, weil der Fahrer möglicherweise nur schnell noch Salz für den Braten gekauft hatte, der silberne tauchte auf, der schwarze fuhr quietschend davon und auch der rote verließ die Tiefgarage.

In diesem Moment schaltete sich der Bildschirm von Franziskas Mobiltelefon ein. „Ja, ist ja gut, du hast ja recht", entschuldigte sie sich, nachdem sie das Gespräch angenommen, sich mit einem „Was gibt es denn?" gemeldet und kurz zugehört hatte. „Ich hätte mein Handy nicht ausschalten müssen, richtig, ich hätte es einfach nur auf Vibration schalten oder lautlos stellen und ab und zu mal aufs Display schauen können. Entschuldige! Vibrationen hatte ich aber heute schon genug – vom Bohrer meiner Zahnärztin nämlich. Und lautlos war ich dort auch, vor Angst. Was ist denn los?"

Wieder schenkte meine Schwägerin dem Anrufer einige Sekunden Aufmerksamkeit, dann benutzte sie eines ihrer

Lieblingsschimpfwörter und kniff die Augen zusammen. „Das darf doch nicht wahr sein! Vor dieser Tiefgarage stehe ich gerade mit meinem Schwager. Und deine Quelle meint, dass der Täter ausgerechnet hier gerade sein Fluchtfahrzeug gewechselt hat, in genau dieser Tiefgarage? Okay, wir prüfen mal, ob es Videoaufzeichnungen gibt und wir sie uns anschauen können, dann melden wir uns!" Sie holte tief Luft. „Ja, WIR! Du kennst doch David, den werde ich jetzt nicht mehr los."

Meine Schwägerin erkundigte sich an der Kasse nach den Aufnahmen, die das gelbe Warnschild an der Einfahrt androhte, aber es gab leider keine. „Diejenige von uns, die an Kasse eins sitzt, schaut nur ab und zu mal auf den Monitor!", erfuhren wir. Franziska zuckte mit den Schultern und schlug mir vor: „Also suchen wir in der Tiefgarage wenigstens nach seinem ersten Schlitten."

Oder wissen Sie schon, in welchem Fahrzeug der flüchtende Täter nach dem Tausch unterwegs war?

Diebe
im Regionalverkehr

Bahnhöfe gab es an der Bahnstrecke, die ich an diesem durchaus schneereichen Adventstag zwischen Loheim und Fiwald nutzte, längst nicht mehr. Damit ergab sich jetzt im Advent auch nirgendwo mehr die Möglichkeit, für die Feiertage anreisende Verwandte herzlich in einer Bahnhofshalle zu empfangen, sie anschließend zur Stärkung ins Bahnhofsrestaurant einzuladen und zur Erinnerung an die Fahrt vor dem imposanten, weihnachtlich beleuchteten Bahnhofsgebäude zu fotografieren. Heute musste all das zwischen Zug und womöglich Zaun erledigt werden, inmitten der eilenden Fahrgäste, denn die heutigen Haltepunkte bestehen nur noch aus einem schmalen Bahnsteigstreifen, einem Schild, ein paar Lampen, einem Papierkorb und im günstigen Fall einem Fahrkartenautomaten.

Der Täter, der es später an diesem Tag nach einem Reisetaschenraub an einem der Haltepunkte zwischen Loheim und Fiwald, also nacheinander Melach, Anfurt, Nirsee, Rondorf oder Lechwil, verständlicherweise eilig hatte, wusste das. Er wusste, dass nicht die Gefahr bestand, sich auf seiner Flucht durch eine übervolle Bahnhofshalle kämpfen oder Polizisten der Bahnhofswache entwischen zu müssen, um das Gelände verlassen zu können. Ich aber wusste leider nichts von seinen Absichten, sonst hätte ich den Diebstahl vielleicht verhindern können.

Eine ältere Dame aus unserer Gemeinde, Maria Lohse, die mir gelegentlich im Pfarrbüro half, hatte mir am Morgen etwas Verpflegung für meine lange Reise einpacken wollen. Ich versuchte zunächst, mich gegen mein zusätzliches Gepäck zu wehren. „Liebe Frau Lohse, das ist ja wirklich sehr lieb von Ihnen und ich danke Ihnen herzlich, dass Sie sich um mich sorgen! Aber es ist, glaube ich, für einen erwachsenen Mann innerhalb der fahrplanmäßigen vierundzwanzig Minuten Fahrzeit nicht so einfach, zehn belegte Brote, ein Stück selbst gebackenen Kuchen, zwei ganze grüne Gurken, vier Äpfel, zwei Tomaten, drei Flaschen Mineralwasser und auch noch ein Glas Naturjoghurt zu verzehren. Für einen Teenager im Wachstum sicher kein Problem, für mich aber ... schwierig." Wir fanden einen Kompromiss und einigten uns auf den Joghurt und eine kleine Flasche Wasser, die Alternative mit Glühwein in der Thermoskanne und einer Bratwurst im Warmhaltebehälter hatte ich erfolgreich abgelehnt.

Ich stieg in Loheim in den Zug, beschloss, die Fahrt in der winterlichen Landschaft zu genießen, und lehnte mich in die blauen Polster. Sehen konnte ich durch die hohen Lehnen und die kompakten Sitze eigentlich nur etwas von draußen, nichts von drinnen, ich konnte nicht einmal mit Sicherheit sagen, ob nach der zweiten Station überhaupt noch andere Menschen außer mir im Zug saßen.

An dieser zweiten Station erinnerte ich mich an noch etwas, das mir meine Schwägerin telefonisch mitgegeben hatte – einen guten Rat. „Sei vorsichtig, achte auf die Ausstiege. Du weißt doch, in Loheim, Nirsee und Lechwil musst du in Fahrtrichtung rechts aussteigen, wenn du dort aussteigen willst, weil es dort nur rechts einen Bahnsteig gibt, an allen anderen Stationen steigst du bitte links aus."

Selbstverständlich stieg ich nicht an jeder Station aus, um die Bahnsteige auszuprobieren, ich sah aber, dass in Anfurt eine mutige Frau in einer kurzen Lederjacke ausstieg, in Nirsee eine Frau im Mantel und in Rondorf eine Frau im Anorak. Sie kamen vor dem Aussteigen auf dem Weg zur Tür an meinem Platz vorbei.

Kurz bevor auch ich den Zug verließ, schrie irgendwo im Waggon ein Mann: „Meine Reisetasche ist weg, meine schwarze Reisetasche mit meinem Tablet!" Der Mann hatte tief geschlafen und nicht bemerkt, dass ihm jemand die Griffe der Tasche vom Arm und die Tasche vom Sitz gezogen hatte.

Eine Zeugin meldete sich. „Die schwarze Tasche mit den Streifen habe ich auf dem Bahnsteig gesehen. An einer Frau, die am dritten Haltepunkt von Loheim aus, an dem in Fahrtrichtung rechts kein Bahnsteig ist ausstieg. Aber wie die Frau aussah, weiß ich nicht, ich habe nur auf die schöne Tasche geschaut."

Wissen Sie, wer die Täterin war, nach der meine Schwägerin fahnden ließ?

Das Lager

Ich ahnte nicht nur, was meine Schwägerin, die Kommissarin, in dieser kalten Nacht an der alten Burg zu mir sagen würde, ich wusste es. Und in ihrer sympathisch offenen Art sagte sie es dann auch: „Hast du den Verstand verloren? Du kannst doch keine Zivilistin an den Ort eines Polizeieinsatzes fahren, du kannst nicht einmal selbst an einen solchen Ort fahren! Damit gefährdest du nicht nur sie, sondern auch dich und besonders unseren gesamten Einsatz! Die frischen Spuren der Reifen deines Wagens leuchten bis zur Stadt und deinen Motor hat auch mein Großvater gehört, obwohl der nach zwanzig Uhr seine Hörgeräte abschaltet!"

Sie deutete mit einer Hand in eine nicht näher bestimmte Richtung. „Ihr fahrt auf der Stelle zurück, sonst lasse ich euch beide in Schutzgewahrsam nehmen und ins Präsidium bringen!"

Nachdem Franziskas Kollegin meine Schwägerin beruhigt und davon überzeugt hatte, dass eine weitere Fahrt durch den Wald nichts besser, sondern alles noch sehr viel schlechter machen würde, durften wir bleiben. Ich bereute trotzdem, dass ich auf die weinend vorgetragene Bitte einer Frau aus unserer Gemeinde, sie unbedingt zu dieser Zeit an diesen Ort zu bringen, eingegangen war. Aber sie hatte in einem kreisförmigen, unterirdisch um die gesamte Burg führenden Gang mit zwei Einstiegen, den mit „A" gekennzeichneten im Norden und den Einstieg „B" im Süden, bei einem Spaziergang zufällig zwei Lager entdeckt. Nun verdächtigte sie ihren Enkel, ein Drogenhändler zu sein, und wollte ihm bei einer möglichen Festnahme beistehen. Sie hatte sein Armband oder zumindest ein ähnlich aussehendes Exemplar zwischen den beiden Lagern gefunden, dem mit den Drogen und einem zweiten, in dem seltsamerweise verpackte Weihnachtsgeschenke gelagert wurden.

Wir bekamen Thermojacken, die die Polizisten mitgebracht hatten, als sie sich der Burg nicht bequem mit Fahrzeugen von der Vorderseite wie wir, sondern beschwerlich zu Fuß und mit Ausrüstung von hinten näherten, durch besonders tiefen Schnee über den Hügel und zwischen den Bäumen hindurch. Und außerdem eine verbale Gelbe Karte von Franziska: „Ihr bleibt in unserer Deckung und verhaltet euch ruhig, ihr hustet nicht, niest nicht und raschelt vor allem nicht mit Chipstüten."

Während wir trotz der Jacken in unserer Zentrale hinter einer kleinen Anhöhe froren, überlegte die Frau, was passieren konnte, wenn die Drogen ihrem Enkel zuzuordnen waren. „Sie werden meinen Kleinen aber doch nicht erschießen oder ihm alle Knochen brechen?", sorgte sie sich. Franziska rollte mit ihren großen Augen. „Wir sind die Polizei, wir sind doch keine Straßenbande! Das ist ...!"

In genau diesem Augenblick schlich eine winterlich gekleidete Person mit Mütze und dickem Schal zum Einstieg „B", wie die dort beobachtenden Beamten meldeten, und verschwand darin. Eine Kollegin folgte dem Mann. „Er bewegt sich hier unten entgegen dem Uhrzeigersinn, ich hänge mich ran!", stand wenig später in ihrer stummen Textnachricht.

Franziska blieb keine Zeit, die Kollegen auf der anderen Seite zu unterstützen, denn auch bei uns in der Nähe des anderen Einstiegs tauchte eine Gestalt auf, eine mit Basecap, stapfte durch die weiße Pracht und tauchte schließlich im Einstieg wieder ab. Meine Schwägerin übernahm die Verfolgung selbst. „Wir müssen klären, ob beide Männer mit den Drogen zu tun haben oder nur einer. Und wenn ja, welcher. Sonst können die alles abstreiten." Sie ließ uns in der Bewachung eines weiteren Kriminalbeamten zurück.

„Dieses Basecap, das kenne ich, das gehört meinem Enkel, das setzt er nie ab, nicht einmal am Mittagstisch!", verriet die Frau neben mir. „Es ist mein Enkel!" Mit Tränen in den Augen flüsterte sie: „Jetzt kann ich nur hoffen, dass er nicht zu dem Lager mit den Drogen im Osten, sondern zu dem mit den Geschenken im Westen läuft!"

Als Franziska „Verdächtiger bewegt sich ebenfalls entgegen dem Uhrzeigersinn!" textete, war der Frau klar, was das bedeutete. Mir leider nicht ...

Aber Sie wissen bestimmt, wer von beiden der Drogenhändler war?

Ein Zaubertrick

Du solltest das nicht professionell betreiben und nicht als Zauberkünstler auf Weihnachtsmärkten auftreten!", tadelte mich meine Schwägerin Franziska an diesem Abend. „Nicht einmal auf Kindergeburtstagen. Die vielen zusätzlichen Euros, die du für mein besonders schönes Weihnachtsgeschenk in diesem Jahr brauchst, wirst du auf diese Art nämlich nicht dazuverdienen."

Vor diesem lieben Hinweis der örtlichen Polizei am Abend nahm ich aber erst einmal am Nachmittag an einer Geburtstagsfeier teil. Der achtzigste Geburtstag eines Gemeindemitglieds stand an und die Frau hatte mich eingeladen. Als Ehrengast, wie sie mehrfach betonte, aber ein wenig hatte ich den Eindruck, dass ich auch die Attraktion sein, Geschichten erzählen und kluge Ratschläge geben sollte.

Für die Feier wurde das „gute" Besteck aufgelegt, das nun schon in der vierten Generation zu besonderen Anlässen auf dem Tisch die Gäste erfreute. Noch vor dem gemütlichen Beisammensein mit Kaffee und Kuchen war aber eines der Besteckteile auf wundersame Weise verschwunden. Das Stück war auch schon allein und ohne seine jahrelangen Begleiter sehr viel wert. Und ich hatte dieses Verschwinden als einziger Gast beobachtet, als wir alle nach der Vorführung der üppigen Weihnachtsbeleuchtung im Garten durch die Terrassentür wieder zurück ins Wohnzimmer des Hauses kamen.

Ich wollte dem Täter eine gesichtswahrende Möglichkeit bieten, das Diebesgut zurückzugeben, deshalb begeisterte ich ein kleines Mädchen dafür, mit mir gemeinsam an der langen Tafel einen Zaubertrick aufzuführen.

Als alle Platz genommen hatten, nahm das Mädchen zwei Löffel, hielt sie hoch und kündigte mit kindlich aufgeregter Stimme eine große Show an. Franziska, der klar war, dass ich etwas mit der Vorstellung zu tun hatte, verkroch sich hinter dem Tortenstück auf ihrem Teller, weil sie ein großes Unglück oder, noch schlimmer, eine furchtbare Peinlichkeit befürchtete. Das Räuspern, das sie in meine Richtung schickte, ähnelte dem Geräusch beim Durchladen ihrer Dienstwaffe. Ich lächelte unschuldig zurück.

Unter dem Applaus der Anwesenden stopfte die Kleine einen Löffel in die Tasche ihrer Jacke und einen in die Brusttasche des Sakkos eines Mannes, des Bruders der Jubilarin, den sie nach einem niedlichen Zauberspruch wieder herauszog und auf dem Tisch ablegte. Der Enkel des Geburtstagskindes dachte einen Moment nach, kratzte sich am Kinn und hatte dann offenbar einen großartigen Einfall. Er griff nach dem auffällig aus der Tasche des Mädchens ragenden Löffel, packte ihn und legte ihn neben seine Tasse.

Nun war wie vereinbart ich an der Reihe. Ich suchte mir auf dem Tisch zwei Löffel aus, prüfte sie von allen Seiten, hielt sie gegen das Licht und präsentierte sie noch einmal den Gästen. Dann schob ich einen in die linke Tasche meines Jacketts und den anderen in die rechte Außentasche der Jacke des Sohnes der Gastgeberin. Mit der auf meine linke Tasche geklopften Aufforderung „Flieg zu deinem Freund, flieg, flieg zu ihm!" versuchte ich den dort eingelagerten Löffel dazu zu bewegen, die Spur seines Freundes aufzunehmen und zu ihm zu fliegen. Es funktionierte scheinbar, denn nach einem gesungenen Trommelwirbel konnte ich zwei Löffel aus zwei Taschen des Jacketts des Sohnes ziehen und wieder neben den anderen auf der Tafel platzieren. Ich erhob und verneigte mich, weil der Beifall der begeistert lachenden Gäste nicht enden wollte. Das Mädchen erkundigte sich augenzwinkernd, ob es eine Autogrammkarte haben dürfe.

Nur meiner Schwägerin, der Kriminalhauptkommissarin, gelang es wieder einmal nicht, der Polizistin in ihr dienstfrei zu geben, und deshalb wurde sie wieder einmal zur humorlosen Spielverderberin. Sie stand auf, kam um den Tisch herum, holte sich den Löffel aus meiner Jacketttasche und teilte mir mit, dass sie mich wegen versuchten Diebstahls verwarnen müsse.

Wissen Sie, wer der eigentliche Dieb war?

Die Pyramide brennt

Die Pyramide auf unserem Weihnachtsmarkt war fast völlig abgebrannt, bis zu der auf dem Boden befestigten Platte aus Stahl. Am späten Abend, nach dem Krankenbesuch bei einem älteren Mann aus unserer Gemeinde, hatte ausgerechnet ich beim Gang über den geschlossenen Weihnachtsmarkt das Feuer entdeckt, es aber allein nicht löschen können. Ursache dieses schrecklichen Ereignisses war kein menschliches Versagen oder ein technischer Defekt, sondern eindeutig Brandstiftung.

„So ein Teil brennt so vollständig nur ab, wenn ein Brandbeschleuniger verwendet wird!", fasste der Zugführer der Freiwilligen Feuerwehr zusammen, der mir einen wärmenden Kaffee aus einer Thermosflasche anbot, weil ich nicht nur wegen der Kälte zitternd vor den Resten der Pyramide stand. „Wir vermuten, dass der Täter Ethanol eingesetzt hat."

Meine Schwägerin Franziska schüttelte noch immer den Kopf über das Bekennerschreiben, das ebenfalls ich am Fuß der Pyramide gefunden, vor den Flammen gerettet und ihr übergeben hatte. „Die neue Pyramide ist hässlich und muss weg, ich will wieder die vom letzten Jahr!", stand dort auf einem schneeweißen Blatt. „Also mal ehrlich: Den halben Text mit aus Zeitungen und Zeitschriften ausgeschnittenen Buchstaben kleben und die andere Hälfte dann doch mit der Hand schreiben? Warum? Sind dem

Kerl Zeitungen und Kleber ausgegangen oder war der einfach irgendwann zu faul zum Ausschneiden?"

Die offensichtlich verstellte Handschrift würde Franziska nicht helfen, die konnte nur ein Sachverständiger mit der Handschrift eines Verdächtigen in Verbindung bringen. Und weder Sachverständiger noch Verdächtiger standen im Moment zur Verfügung.

Eine wesentlich erfolgversprechendere Spur war eine alte Frau. Nicht als Täterin, aber als Zeugin. Denn sie hatte den Täter gesehen. „Na ja, nicht wirklich den Täter, sondern mehr sein Auto. Von dem aber eigentlich nur das Kennzeichen, also ehrlich gesagt nur einen Teil vom Kennzeichen. Die Kennzeichenleuchten sind ja meistens so schlecht, da erkennt man immer nur ein Stück. Ich habe den Buchstaben vor der Plakette gesehen. Ein ‚E' war es, vorn und hinten!"

Die Polizei in der schönen Gestalt meiner Schwägerin freute sich also schon mal über diesen ersten Hinweis: Ein möglicherweise männlicher Täter nicht beschreibbaren Aussehens in irgendeinem Auto irgendwie dunkler Farbe mit einem fast unbekannten Kennzeichen hatte draußen vor dem Weihnachtsmarkt geparkt, als die alte Frau bei der Kälte mutig und neugierig aus ihrem Fenster sah. „Ich freute mich, dass ein weiterer auswärtiger Besucher in der Adventszeit in unserer Stadt weilt, deshalb achtete ich überhaupt nicht auf ihn und das Fahrzeug. ich war nur von dem Buchstaben ‚E' fasziniert", gestand sie.

Die Spurensicherung fand an der Stelle, an der der Wagen des mutmaßlichen Täters geparkt hatte, vier kurze schwarze Klebestreifen. Die Bedeutung dieser Information konnte ich zunächst nicht erfassen, aber glücklicherweise hatte meine Schwägerin mehr Fantasie. „Damit könnte der Täter

aus dem tatsächlichen Buchstaben an seinem Kennzeichen einen anderen geklebt haben, mit der Hälfte der Streifen vorn und der anderen Hälfte hinten. Und nachdem die Zeugin so schön den falschen Buchstaben bemerkt und bewundert hat, riss der Täter die Klebestreifen wieder ab, um nicht mit falschem Kennzeichen erwischt zu werden!"
In der näheren Umgebung wurden bei der sofort eingeleiteten Fahndung drei Fahrzeuge mit entsprechend umklebefähigen Kennzeichen aus anderen Städten festgestellt. Eines aus Frankfurt am Main, eines aus Leipzig und eines aus Ingolstadt.
Meine Schwägerin besorgte sich einen großen Zettel und einen Stift, setzte sich ins Polizeiauto und begann zu basteln, indem sie versuchte, mit jeweils zwei schwarzen Klebestreifen aus den aufgeschriebenen ersten Buchstaben der entdeckten Fahrzeuge ein „E" zu kleben. Ihr Publikum, also die Kriminaltechniker, die Frau und ich, sah ihr begeistert dabei zu und hoffte auf erste Ergebnisse ...

Wissen Sie, wer der Täter war?

Die legendären Klöße

Das vorweihnachtliche Mittagessen bei Oma Martha fand wie in jedem Jahr einige Tage vor dem weihnachtlichen Abendessen am Heiligen Abend statt. „Weil ihr ja an Heiligabend immer keine Zeit für ein Essen bei Oma und bei euch zu Hause mit euren eigenen Familien genug zu tun habt!" lautete die offizielle Begründung von Oma Martha. Die inoffizielle der agilen Dame kannte ich aber auch, schließlich war ich ihr Gemeindepfarrer. „Ich lade sie vorher zu mir ein und verhindere so, dass sie nachher um mich würfeln müssen, wer mich am Weihnachtsabend einladen darf!"

Es sollte Gulasch mit Klößen und Rotkohl gereicht werden. Wobei nicht das Gulasch oder der Rotkohl die Sensation war, sondern die weit über die Familie, das Stadtgebiet und die Landesgrenzen hinaus bekannten Klöße der Oma. Wir wussten alle, dass es nur eine Frage der Zeit oder der geeigneten Adventszeit war, bis Radiostationen und Fernsehsender auf sie aufmerksam werden würden. Drei Seiten mit drei Rezepten in einem Rezeptbuch hatte ihr ein Buchverlag schon vertraglich zugesichert. An diesem Tag schaffte sie es fast in die Abendnachrichten, denn einer der Klöße ihres Mittagessens war vergiftet. Sie rief mich an.

Als ich am Tatort eintraf, stand meine Schwägerin Franziska mit verschränkten Armen reglos vor einem sehr langen, sehr schmalen und an beiden Enden offenen Edelstahlblech mit Rändern vorn und hinten und starrte es an. „Sie wartet darauf, dass das Blech zu ihr spricht", flüsterte Oma

Martha und nickte mit dem Kopf in Franziskas Richtung, „und ihr verrät, wer mit einer Injektionsnadel diesen einen Kloß mit dem Gift präparierte."

„Da wird sie bestimmt lange warten!", wollte ich eigentlich sagen, aber ich sagte es nicht, weil sich meine Schwägerin in diesem Augenblick mit traurigen Augen zu mir umdrehte. „Hast du schon eine Idee?", erkundigte ich mich stattdessen. Franziska schüttelte den Kopf. „Nein, ich habe einfach Hunger!"

Unter diesen Umständen konnte Franziska nicht arbeiten und über den Täter nachdenken. Also dachte sie erst einmal an das Opfer. „Wir müssen herausfinden, wer das Opfer sein sollte, denn wenn wir das wissen, finden wir vielleicht ein Motiv. Wer also sollte den Kloß bekommen, den Sie glücklicherweise vor der Auslieferung entdeckten?" Eine einfache Frage, die leider nicht so einfach zu beantworten war. Jedenfalls nicht an diesem Ort, zu dieser Zeit und von dieser Frau. Oma Martha schloss die Augen, hob die Hände und formte mit diesen Händen insgesamt neunzehn Klöße, die sie der lieben, durch Schnee und Sturm angereisten Verwandtschaft auf die Teller hatte legen wollen. Immer in der gleichen Reihenfolge und der gleichen Menge wie jedes Jahr.

„Einer für die liebe Oma, die nicht verhindern kann, dass sie als Gastgeberin den ersten Kloß nehmen muss, also einen für mich. Zwei für den lieben Opa, der neben der lieben Oma sitzt und es nach der Meinung der lieben Kinder nicht aushalten würde, nicht nach der lieben Oma an der Reihe zu sein. Zwei für die Schwester, die sich immer schämt, weil sie durch zwei so gierig wirkt. In früheren Jahren hat sie schon mal den einen oder den anderen eingepackt und für später mit nach Hause genommen. Einer für den Schwager, dem genau diese Schwester ständig sagt, dass er bei zweien noch dicker wird, als er ohnehin schon ist. Drei für den Urenkel, den größten Urenkel überhaupt, der mit einundzwanzig laut seiner Mutter immer noch im Wachstum ist. Zwei für den angeheirateten Enkel, der mit seinem Sohn mithalten will, aber nicht kann. Einer für die Enkelin, die nicht mehr verträgt. Zwei für den Bruder, der sich über jedes Häppchen lautstark freut. Drei für den Sohn, der noch immer brav alles isst, was auf den Tisch kommt. Einer für die Frau des Bruders, die diesen einen aber immer nur aus Höflichkeit isst. Und einer noch für das kleine Kind …

Wissen Sie, wer mit dem dreizehnten Kloß vergiftet werden und dadurch das Opfer sein sollte?

Die trauernden Hinterbliebenen

„Entschuldige bitte, dass ich dich anrufen musste!", sagte meine Schwägerin. „Aber alle, die wir haben, stehen im Moment nicht zur Verfügung, die sind alle im Einsatz!"
Ich winkte ab. „Seelsorgerische Betreuung ist Teil meiner Arbeit als Pfarrer, das mache ich doch gern. Auch an einem solch ungewöhnlichen Ort." Dieser ungewöhnliche Ort war eine Anlage mit ungefähr zehn Garagen zwischen ein paar Häusern und einem kleinen Wäldchen. Eigentlich ein fast idyllischer Ort mit einem Christbaum mit Lichterkette neben der Zufahrt und den glitzernden Schneehäufchen auf den flachen Dächern der Garagen vor dem geheimnisvoll dunklen Hintergrund der nur schemenhaft zu erkennenden Bäume. Aber diese kleine Idylle wurde im Moment durch drei Einsatzfahrzeuge der Polizei, einen erbarmungslos grellen Scheinwerfer und geschäftig umherlaufende Personen gestört. Wobei die weißen Einmaloveralls der Beamten der Spurensicherung an der letzten Garage auf der linken Seite kaum von der geschlossenen Schneedecke auf dem Platz davor zu unterscheiden waren.
„Fürs Protokoll sollten wir aber festhalten, dass ich kein Absperrband zerschnitten, kein Siegel abgerissen, keine Scheibe eingeschlagen und keinem deiner Kollegen kirchliche Sonderleistungen versprochen habe, sondern von dir an diese Stelle gebeten wurde", sagte ich, als ein uni-

formierter Polizist das rot-weiße Flatterband nach oben zog und uns so den Zugang zum unmittelbaren Tatortbereich ermöglichte. „Wo ist das ältere Ehepaar, das ihn hier finden musste?"

Franziska nickte zu einem Transporter. „Bei meiner Kollegin. Aber die ist etwas überfordert, weil sie sie mit ihrem ansonsten begehrten Tee nicht beruhigen kann. Du kennst die beiden durch die Gemeindearbeit wesentlich besser." Im Vorbeigehen musste ich unwillkürlich einen kurzen Blick in die Garage und auf das mit einem Tuch bedeckte Opfer werfen, neben dem die Rechtsmedizinerin kniete und gerade ihre Einsatztasche packte. Ihre Untersuchung war also schon abgeschlossen.

Als die beiden alten Leute eine halbe Stunde später in einem psychisch etwas besseren Zustand nach Hause gingen, auch ich das Fahrzeug verließ und hinaus in die kalte Dunkelheit trat, telefonierte meine Schwägerin gerade mit der Ehefrau des Getöteten. „Kriminalhauptkommissarin Schwarz, ich habe eine sehr traurige Nachricht für Sie ..."

Die Ehefrau, Vilma, wollte ihren Mann verständlicherweise sofort sehen, die von Franziska erwähnte Garage kannte sie natürlich, es war schließlich auch die ihre. Zehn Minuten nach dem Telefonat mit meiner Schwägerin traf sie ein, gebracht von einem Kollegen, und kurz vor der Schwester des Opfers. Das Telefongespräch der Kommissarin mit dieser Schwester, Lucia, hatte nur aus zwei Sätzen bestanden. Dem ähnlichen „Kriminalhauptkommissarin Schwarz, ich habe eine sehr traurige Nachricht für Sie, Ihr Bruder wurde getötet!" von Franziska und ihrer kurzen „Ich will mich von ihm verabschieden, ich bin gleich da!", bevor sie auflegte.

Während sie von meiner Schwägerin zu dem Toten begleitet wurden, hielten sich die beiden Frauen an den Händen. Sie schienen ein sehr inniges Verhältnis zueinander zu haben. „Ich bin da für dich, wenn du mich brauchst", versicherte Lucia und Vilma nickte. „Das weiß ich, und ich weiß, dass ich dich brauchen werde." Sie umarmten sich.

Franziska kam zu mir, atmete tief durch und seufzte: „Ich hasse das Überbringen solcher Nachrichten noch immer. Persönlich sowieso, telefonisch sogar noch mehr, weil ich das psychische Befinden des Empfängers der Nachricht dabei noch weniger einzuschätzen vermag. Aber das hier, das ist mit Abstand das Schlimmste, wenn zwei so nahe Angehörige den Geschädigten sofort und noch am Ort des Verbrechens sehen möchten."

Meine Schwägerin beobachtete die beiden Frauen und ich betrachtete meine Schwägerin. Und irgendetwas irritierte mich. Nicht an Franziska, sondern an dem, was sie über die beiden Damen gesagt hatte. Oder an den beiden selbst. Ich wusste es nicht …

Wissen Sie es etwa? Wissen Sie, welche der beiden Frauen sich selbst als Täterin entlarvt hatte?

Die Jahreszahl

Die fünf Jugendlichen aus unserer Gemeinde hatten in der Adventszeit Großes vor. Nicht dass sie eine hohe Pyramide bauen, ein langes Krippenspiel aufführen oder besonders viele Geschenke verschenken wollten, nein, das war es nicht. Sie dachten noch vor dem Heiligen Abend an Neujahr – oder besser: das neue Jahr.

„Wir haben genug Schnee und wir haben genug Füße, Herr Pfarrer!", verriet mir Raimo, der sich die Aktion ausgedacht hatte. „Mit diesen vielen Füßen werden wir die schöne neue Jahreszahl des nächsten Jahres in den Schnee treten! Es soll ja in den nächsten Tagen so kalt bleiben, also wird auch unsere Jahreszahl bis zum neuen Jahr bleiben."

Einen konkreten Plan hatten die jungen Leute auch schon. „Jeweils einer von uns ist für eine Ziffer zuständig. Dafür bewegt er sich von einem zentralen Punkt aus in einer geraden Spur zu seinem persönlichen Punkt, der späteren rechten unteren Ecke seiner Ziffer, und bleibt dort mit dem Gesicht nach links stehen. An diesem Startpunkt der jeweiligen Ziffer bekommt er dann von mir die genaue Tretanweisung. Und wenn das Treten beendet ist, dann läuft die Person in umgekehrter Richtung wieder in der getretenen Ziffer zurück zum Startpunkt und von dort wieder zum zentralen Punkt. Diese geraden Spuren außerhalb der Ziffern verwischen wir später wieder. Sten wird für die erste Ziffer zuständig sein, Alan die vierte gestalten, Ove die dritte übernehmen und Leo die zweite formen."

Das war der Rahmen. Aber als dieser gewissermaßen mit Leben gefüllt werden sollte, begannen die Probleme und es kam zum Streit. „Ich lasse mich von einer App auf einem Smartphone steuern, ich lasse mich von einem Controller steuern und vielleicht noch von einem Lehrer oder meiner Oma, wenn sie mir extra Taschengeld schenkt. Aber doch nicht von dir!" Und so oder ähnlich sahen es auch die anderen, die sich wahlweise zwar außerdem noch von einer Influencerin, einem älteren Bruder oder vom Zufall, nicht aber von Raimo steuern lassen wollten.

Wir hatten also ein Problem. Und ich war inmitten dieses Problems, denn der „liebe Herr Pfarrer" war der Vermittler. Mein erster Vorschlag, mich als Treter zur Verfügung zu stellen und von allen fünf Teenagern steuern zu lassen, wurde nicht nur deshalb abgelehnt, weil auch die nächste Jahreszahl aus vier und nicht fünf Ziffern bestehen würde. „Das ist eine Jahreszahl, keine Postleitzahl!", erfuhr ich, bevor ich zu dieser Information noch eine weitere gratis hinzubekam: „Entschuldigen Sie, Herr Pfarrer, nicht sauer sein, aber Sie sind zu alt, zu schwer und zu langsam!" Ich war zugegebenermaßen gar nicht traurig, dass mein Angebot abschlägig beschieden wurde, denn schon bei einem heimlichen Tretversuch blieb mein leichter Winterschuh im Schnee stecken und meine Socke vermochte meinen linken Fuß nur noch bedingt zu schützen. Ganz umsonst waren meine Bemühungen aber nicht, denn die jungen Leute wollten nun doch in den Schnee und doch nach Raimos Anweisungen treten.

Sie standen am Start und sie warteten auf ihre Steuerbefehle. Und die kamen auch sofort: „Sten, Leo und Ove, fünf Schritte geradeaus treten, dann stoppen, Alan fünf Schritte geradeaus treten, dann stoppen, umdrehen und fünf

Schritte zurück. Sten, Leo und Ove nach rechts drehen, Sten und Ove fünf Schritte geradeaus treten, Leo zehn, Alan nach links drehen und zehn Schritte geradeaus. Sten, Leo und Ove nach rechts drehen und fünf Schritte geradeaus, Alan nach links drehen und fünf Schritte geradeaus. Leo nach rechts drehen, zehn Schritte geradeaus, Ove und Sten nach links drehen und fünf Schritte geradeaus. Alan nach links drehen, fünf Schritte geradeaus, Sten und Ove nach links drehen und genauso fünf Schritte geradeaus. Alan nach links drehen und fünf Schritte geradeaus. Und nun alle vorsichtig in ihren Spuren zurück zum Start und zur Zentrale!"

Leider stand im Schnee aber nun nicht die richtige, sondern die falsche Jahreszahl und schon wieder wurde gestritten und über Schuld diskutiert.

Wissen Sie, wer der „Täter" war? Jemand, der falsch angewiesen, oder jemand, der falsch getreten hatte?

Eine feucht-
fröhliche Runde

„Der, der das getan hat, der war dreißig bis vierzig Jahre alt, vielleicht auch ein oder zwei Jahre älter oder jünger, das konnte ich in dem dichten Schneetreiben und der schwachen Beleuchtung in dieser schmalen Gasse nicht gut erkennen", informierte ich meine Schwägerin Franziska, „und ungefähr einen Meter achtzig groß, oder fünf Zentimeter größer, aber eins neunzig war er mit Sicherheit nicht. Nicht übertrieben schlank, aber auch nicht zu kräftig, irgendetwas dazwischen, ich würde es aber dennoch schlank nennen. Nicht blond, sondern dunkelhaarig, wobei auch manch ein dunkelblonder Mann aus der Entfernung wie ein braunhaariger aussieht. Keine besonders hellen oder dunklen Augen, also keine wässrig blauen oder schwarzen, doch kräftig grün oder blau oder auch braun könnten sie schon gewesen sein. Ohne besondere Merkmale wie Hakennase, Brille oder Handprothese. Obwohl, vielleicht besitzt er eine Brille, trug sie aber heute Abend nicht, das ist durchaus möglich." Ich zuckte entschuldigend mit den Schultern.

„Deine vage Personenbeschreibung passt auf die Hälfte der Männer in der Stadt, sie passt auch auf männliche Kinder, die älter aussehen und größer sind als üblich, und auf männliche Senioren, die jünger aussehen", stöhnte Franziska. „Das ist dir hoffentlich klar, mein Lieber, oder?"

Das war mir natürlich klar, aber meine Schwägerin musste ihre Enttäuschung trotzdem weiter artikulieren. Sie war nicht der Typ Frau, der etwas in sich hineinfraß oder nach der Methode „Alles gut!" arbeitete. „Es ist nicht so, dass wir mit deiner Beschreibung nichts anfangen können, es ist eher so, dass wir mit deiner Beschreibung überhaupt nichts anfangen können."

Traurig schüttelte sie den Kopf. „Da haben wir nun einmal einen Augenzeugen, der nicht nur das Opfer, sondern auch den Täter gesehen hat, und dann ... Wenn du wenigstens ein Tattoo am linken Oberschenkel oder ein Bauchnabelpiercing bemerkt hättest. Aber gut, wir haben ja so kurz vor Weihnachten doch winterliche Temperaturen."

Dem Vorwurf folgte dann aber doch noch ein Lob. „Aber wenigstens hast du den Geschädigten bei dem versuchten Raubüberfall davor bewahrt, noch schwerer geschädigt zu werden. Und das ist das weitaus Wichtigere."

Franziska beruhigte sich wieder und dachte nach. „Du sagtest, der Täter habe stark nach Alkohol gerochen? Denken wir mal nach. Wer ist bei diesem Wetter noch alkoholisiert draußen unterwegs? Wer zu Hause trinkt, trinkt auch zu Hause weiter und bleibt zu Hause, wer bei Freunden feiert, feiert nur dort und übernachtet gleich da. Wer bleibt übrig?" Wir fanden es gleichzeitig heraus: „Jemand, der aus einer Gaststätte kommt!" In der Nähe gab es eine Gaststätte, die gleichzeitig auch die einzige in der Gegend war. Wir hatten Glück.

„Ja, wir hatten eine Gesellschaft!", teilte uns der Besitzer mit. „Einundzwanzig Personen einer Firma, Männer und Frauen. Aber die sind inzwischen weg!" Nicht weg war zu unserem zweiten Glück ein Foto der Feiernden, das der Wirt aufgenommen hatte. „Mit ihrem Einverständnis natürlich, sie bekommen es zur Erinnerung als gerahmten Ausdruck zugeschickt. Gratis!"

Gemeinsam erkannten wir das Opfer wieder, das meine Schwägerin ins Krankenhaus hatte bringen lassen, ich selbst konnte mich nicht zwischen vier Männern als Täter entscheiden. „Also der Alte, der Dunkelhaarige, der Schlanke oder der Große?", fasste der Gastronom zusammen und ich nickte. Bei nochmaliger Betrachtung des Fotos entschied ich mich schließlich für die Nummern eins, drei und vier.

Der Wirt verzog den Mund. „Die drei Männer waren aber alle die ganze Zeit hier, das kann ich bestätigen. Ihrer Tatzeit nach müssten sie aber zwischendurch verschwunden sein. Der Große hat jedes Bier begrüßt, das ich ihm brachte, und ich brachte ihm nicht nur zwei, der Dunkelhaarige unterhielt fast pausenlos die Gemeinschaft, auch ich musste über seine Scherze lachen, und der Alte fragte bei jedem Getränk nach kostenlosen Erdnüssen."

Wissen Sie, wer der Täter war, der von dem Betreiber kein Alibi bekam?

Diebstahl im Gedränge

„Es ist weg!", flüsterte mir Francine aus der achten Klasse nach dem adventlichen Religionsunterricht im Treppenhaus des Goethe-Gymnasiums zu und ihre Freundin Anja nickte. „Es ist wirklich weg!" Die beiden Mädchen sahen sich vorsichtig nach allen Seiten um, so als ob sie sich vergewissern wollten, dass wirklich niemand dieses Flüstern hatte hören können. „Es" musste also sehr wichtig sein.

Trotzdem war ich nach meinem ersten Erschrecken über die Bemühungen der beiden, mich unauffällig, aber dennoch energisch in eine ruhige Ecke des Treppenhauses zu schieben, ein wenig erleichtert. Sie hatte nicht von „sie" oder „er" gesprochen, es konnte sich also nicht um eine Person handeln, die verschwunden oder gar entführt worden war, vermutlich nur um eine Sache.

Dieses mir noch unbekannte „Es" war der beiden jungen Damen aber doch sehr wichtig, wie ich kurz darauf erfuhr. „Dominique spart seit Jahren einen Teil seines Taschengeldes für ein Smartphone. Zusammen mit den Geldgeschenken, die er zur Firmung von seinen Omas und Opas und den anderen Verwandten bekam, hatte er genug und konnte sich endlich das Teil kaufen. Und das ist nun weg! Gestohlen aus seiner Schultasche, als er heute in der zweiten Pause hier auf der Treppe zwischen der zweiten und der dritten Etage stand und aus dem Fenster starrte."

In dem Gedränge, das in den Pausen in diesem Treppenhaus herrschte und bei dem man froh sein konnte, wenn man ohne Prellungen und Quetschungen die gewünschte Etage erreichte, hielt ich einen Diebstahl durchaus für möglich. Man musste nur die Verlockung erkennen, mit etwas krimineller Energie handeln und die relative Anonymität der Masse nutzen. Alle wählten den bequemen Weg über das mittlere Treppenhaus und ignorierten die beiden anderen Treppen hinten und vorn fast völlig, sosehr sich die Schulleitung auch bemühte, dem entgegenzuwirken.

Anders als meine Schwägerin, die einen Verdacht gegen eine Person erst aussprach, wenn ausreichend Indizien oder Beweise vorlagen, präsentierten Francine und Anja sofort drei Verdächtige. „Timothy, dem gefällt sein eigenes Phone nicht, Korbinian, bei dem weiß man nie, was der denkt oder plant, und Felix, weil der einfach immer alles haben will, was andere haben." Sie zwinkerten mir zu und schlugen vor: „Können Sie die Typen nicht im Auftrag Ihrer Schwägerin verhören und dabei einmal nicht der nette Pfarrer, sondern der böse sein?"

Ich trotz aller Neuerungen in meiner Arbeit nicht ganz so technikaffiner Mensch hätte für Nachforschungen nun wohl jemanden besucht, einen anderen mit unserem schnurlosen Telefon angerufen oder vielleicht sogar eine Mail geschickt. Die Mädchen allerdings arbeiteten auf einem ganz anderen Niveau. Sie zogen ihre eigenen Mobiltelefone aus ihren Jackentaschen, tippten mit sehr vielen Fingern in irgendwelchen mir unbekannten Apps für Textnachrichten herum und trugen nach ein paar Minuten ihre Ergebnisse vor. „Vor der Pause hatte Timothy Mathe in der Vierunddreißig, Korbinian Geschichte in der Dreiundzwanzig und Felix Deutsch in der Eins!" Ich verstand zwar kein Wort, weil ich außer der Bezeichnung des von mir genutzten Zimmers nur die der beiden Nebenzimmer kannte, aber ich war von der effektiven Ermittlungstechnik der beiden jungen Fahnderinnen beeindruckt. „Nach der Pause stand für Korbinian Physik in der Neunzehn an, für Felix Bio in der Fünfzehn und für Timothy Chemie in der Zweiundzwanzig."

Nun erst fiel den beiden Mädchen auf, dass ich ihrer Tätersuche nicht folgen konnte. Deshalb erstellte Francine in einer anderen App mit ihrem Zeigefinger einen einfachen Gebäudeplan. „Sorry, Herr Pfarrer! Also in der ersten Etage sind die Zimmer dreiundzwanzig und achtunddreißig, in der zweiten die Zimmer eins und neunzehn, in der dritten fünfzehn und vierunddreißig und in der vierten zweiundzwanzig und sieben. Warum auch immer die so seltsam nummeriert sind, das weiß angeblich niemand mehr!"

Aber Sie wissen doch bestimmt, wer der Täter war, der beim Zimmerwechsel den Treppenabschnitt am Tatort benutzte?

Ein „schwerer Junge"

Schuhspuren im Schnee und Stimmen hinter ein paar Bäumen, deren Äste unter der Last des Schnees zu brechen drohten. Beides gehörte an diesem Abend im Advent nicht an diesen Ort. Und schon gar nicht zu dieser Zeit, die Franziskas Uhr mit grünen und gelben Leuchtziffern als „20:43" Uhr förmlich in die Dunkelheit schrie. „Einen kleinen Spaziergang", hatte meine Schwägerin vorgeschlagen, „einen, bei dem die Füße das aus dem Körper arbeiten müssen, was die Hände dem Körper zugeführt haben." Also einen kleinen Spaziergang nach dem Abendessen. Franziska war die Anstifterin, mein Bruder Martin war im medizinischen Bereich tätig und deshalb begeistert und so war auch ich schließlich mit dieser Wanderung einverstanden. Nachdem ich mit einem Augenzwinkern kurz und erfolglos einen späten Termin vorgetäuscht und über meine ungeeignete Kleidung geklagt hatte.

Nun standen wir auf dem Weg, sahen Spuren und hörten Stimmen. Ich schüttelte den Kopf. „Da stimmt doch etwas nicht!" Mit dieser Bemerkung sorgte ich bei meinen beiden Lieblingsverwandten für Erheiterung. „Komm schon, David, du warst doch sicher kurz nach deiner Geburt auch einmal jung", stichelte meine Schwägerin. Ihr frierender Daumen schnellte über ihre Schulter nach hinten. „Dort haben einfach ein paar junge Leute ein bisschen Spaß." Franziska suchte mit ihren Augen die Umgebung ab, dann zog sie die Kapuze ihrer dicken Jacke über den Kopf. „Wenn die uns entdecken und die Kollegen rufen, weil wir sie so auffällig beobachten, und diese Kollegen uns überprüfen, wird es richtig peinlich." Ihr Ehemann, der vor ihrer Ehe schon mein Bruder war und dies zum Glück auch noch immer ist, lachte leise. „Eine Kriminalhauptkommissarin, ein Pfarrer und ein Pfleger, wir könnten deinen Kollegen erzählen, dass wir eine Sondereinheit im weihnachtlichen Sondereinsatz sind. Oder dass wir uns verlaufen haben."

Keiner von uns lachte aber mehr, als wir Hilferufe hörten, mehrfach hintereinander das Wort „Hilfe!", dazwischen ein paarmal „Oh!" und ein einzelnes, lang gezogenes „Nein!" dazu. Franziska griff instinktiv nach ihrer Waffe, aber sie griff ins Nichts. Schließlich stand auch ihr als Polizistin einmal ein kleines Privatleben zu. Und mein Bruder Martin brachte sich unauffällig hinter mir in Sicherheit. So fühlte es sich jedenfalls an.

Was wir dann allerdings entdeckten, nachdem wir uns durch den glitzernden Schnee und zwischen den Bäumen hindurch angeschlichen hatten, war zumindest auf den ersten Blick harmlos – es war ein Spielplatz. Auf dem spielten aber nicht Kinder oder Jugendliche, sondern drei erwachsene Männer ausgelassen auf einer Wippe.

Aktuell saßen gerade ein Mann mit einer Mütze mit Bommel und ein Mann mit einer Mütze ohne Bommel darauf, der Bommelige lachend mit den Füßen auf dem Boden und der Bommellose kreischend und bodenkontaktlos in der Höhe. Schon hörten wir wieder einen Hilferuf, zweifelsfrei aber keinen ernst gemeinten. Der Bommelmann entließ sein Gegenüber unsanft aus dessen Zwangslage, die Befreiung nahm der mit einem erfreuten Quietschen an. Sekunden später aber wurde der Mann mit der Bommel seinerseits nach oben befördert, durch seinen neuen Gegenspieler, einen Herrn ohne Mütze, der sich auf seinem Sitz unten dicht über den Boden wohl häuslich einrichten wollte.

„Gehen wir!", befahl meine Schwägerin. „Die lassen uns doch sowieso nicht mitspielen. Außerdem ist mir kalt." Etwas hielt sie dann aber doch vom endgültigen Rückzug ab. Es war die Stimme des einen Mannes, die wir im Weggehen hörten, die Stimme, die prahlte: „Jetzt habt ihr es beide gesehen: Ich bin nicht nur der Schwerste von uns, ich bin auch ein wirklich schwerer Junge! Und dieser schwere Junge hat ganz allein die schönen Steine aus dem Museum geholt, ohne eure Hilfe, ihr Loser! Und deshalb bekommt ihr davon nach dem Verkauf auch nicht einen einzigen Cent!"

Wissen Sie, wer der „schwere Junge" ist, dem wir nun folgen müssen, damit Franziska noch vor Heiligabend den Museumseinbruch für ihre Kollegen vom anderen Kommissariat aufklären kann?

Die Spende

„Nein, das hier ist nicht dein Weihnachtsgeschenk, liebe Franziska!", erklärte die Kollegin meiner Schwägerin den vor ihr auf dem Schreibtisch liegenden Plastikbeutel mit den sicher verpackten Münzen. „Etwas mehr als eine Münze von jeder Stückelung für Euro und Cent würde ich dir dann doch schenken, wenn wir uns etwas schenken würden. Aber wir schenken uns ja glücklicherweise nichts!"

Während Franziska offenbar darüber nachdachte, welches Geschenk sie also nicht bekommen würde, was sie ihrer Kollegin also wert war, und ich nicht befürchten musste, dass dort auf der Tischplatte ein Weihnachtsgeschenk für mich wartete, sortierte die Kollegin mit einem zufriedenen Lächeln die Münzen im Tütchen. Ganz vorsichtig mit ihrem Zeigefinger von außen, nicht nach dem aufgeprägten Wert, sondern der Größe nach, von klein nach groß. Die kleinste Münze lag irgendwann von ihr aus gesehen links in der makellos geschobenen Reihe, die größte rechts.

Mit kreisenden Bewegungen ihrer Hände, begleitet von einem fast unhörbaren Summen, schien die Kommissarin die Geldstücke verzaubern zu wollen. So lange, bis meine Schwägerin wie gewünscht die Geduld verlor und genervt brummte: „Willst du uns jetzt vorführen, wie du die Dinger da in ein weißes Kaninchen verwandelst, oder was?"

Die Kollegin verneinte kopfschüttelnd. „Nein! Ich habe eine viel, viel bessere Überraschung für euch! Auf einer dieser Münzen haben wir einen wunderschönen Fingerabdruck sichern können, einen, den wir überhaupt nicht erwartet hatten. Und nun müsst ihr raten, auf welcher dieser Münzen!" Wir rieten und rieten und natürlich rieten wir immer falsch. Deshalb löste Franziskas Kollegin das Rätsel selbst. „Es ist die von mir aus gesehen vierte Münze von links! Auf der fanden wir den gleichen Abdruck wie auf dem schwer beschädigten Gemälde. Weil wir von der Überlegung ausgingen, dass der Täter einer der Besucher der Ausstellung sein muss, und ein Kollege von der Spurensicherung die geniale Idee hatte, einfach mal die Münzen aus der Weihnachtspendendose im Foyer zu untersuchen. Treffer! Leider wissen wir damit aber immer noch nicht, wer der Täter ist."

Aber dieser Tag war freundlicherweise ein Tag der Spontaneität und der Zufälle. Spontan hatten Franziska, Martin und ich an diesem späten Nachmittag beschlossen, kurz die Ausstellung zu besuchen, zufällig hatten wir das zerschnittene Gemälde eines noch unbekannten Künstlers entdeckt. Zufällig war auch, dass nur vier junge Frauen an diesem Tag gemeinsam etwas in die seit der Öffnung leer auf Gaben wartende Spendendose geworfen hatten, wie wir bei der Befragung der Frau an der Kasse im Foyer erfuhren. Und dann riss der kluge Mann von der Spurensicherung die Tür von Franziska Büro auf, in dem wir gerade über das Motiv der Sachbeschädigung nachdachten.

„Darf ich mal an deinen Rechner?", erkundigte er sich, nachdem er meine verwunderte Schwägerin längst mit ihrem Schreibtischsessel in Richtung Norden ins Rollen gebracht und sich so freien Zugang verschafft hatte. „Bei uns drüben läuft ein Systemupdate, da sind wir unerwünscht." Er tippte und klickte in beeindruckender Geschwindigkeit auf Tastatur und Maus herum und ließ uns nebenbei wissen, dass er selbst eine Tochter im genannten Alter der Verdächtigen habe und wisse, „was die jungen Damen heutzutage am liebsten tun". Nach wenigen Minuten, vielleicht auch nur Sekunden, hatte er gefunden, was er gesucht hatte – über den Namen der Ausstellung ein Profil mit einem Foto in einem sozialen Netzwerk. Und darauf mit der Bildunterschrift „Wir tun mit einem Münzsatz Gutes für die Kulturszene!" vier Frauen, die jeweils zwei Münzen in die Kamera hielten. Eine Blonde zwanzig und zwei Cent, eine Brünette fünfzig und zehn Cent, eine Schwarzhaarige fünf Cent und einen Euro und eine Dunkelblonde zwei Euro und ein Centstück.

Wer ist die Täterin?

Überfall
im Schnee

Die Frau war ohnehin schon kleiner als ich, das wusste ich, einen Kopf kleiner, wie man so sagt. Aber als ich sie an einer Bushaltestelle fand, im Schnee liegend, wirkte sie auf erschreckende Weise noch kleiner. Ein schlimmer Kontrast zu dem beleuchteten Werbeplakat am Haltestellenhäuschen, auf dem eine festlich gekleidete Familie vor einem imposanten Christbaum eine Tafel Schokolade präsentierte.

„Er hat mich überfallen!", berichtete sie, während ich ihr beim Aufstehen half, meinen Mantel auszog, ihn zusammenlegte und ihr damit eine halbwegs angenehme Sitzgelegenheit bot. „Als ich mein Portemonnaie und mein Handy nicht herausgeben wollte, hat er mich gestoßen und mir meine Handtasche entrissen! Ist mein Bein gebrochen, Herr Pfarrer?"

Ich bin zwar medizinischer Laie, aber mein Bruder ist als Pfleger tätig. Irgendwie muss sich ein wenig Fachkenntnis von meinem Bruder Martin aus in meine Richtung verirrt haben. Deshalb vermochte ich mit ziemlicher Sicherheit festzustellen, dass das Bein der Frau nicht gebrochen war, sie sich vielleicht, wenn überhaupt, beim Fallen am linken Sprunggelenk eine Prellung zugezogen hatte. Trotzdem rief ich einen Rettungswagen und informierte meine Schwägerin Franziska. Die Frau weinte. „Herr Pfarrer, sollten die Menschen gerade in der Adventszeit nicht liebevoll miteinander umgehen?"

Als die Notfallsanitäter eintrafen, die Frau untersuchten, mit hochgezogenen Augenbrauen und einem verschmitzten Lächeln meine laienhafte Diagnose bestätigten und die Frau zu einer genauen Untersuchung ins Krankenhaus brachten, hatte ich schon mehr zum Täter erfahren.

Kein Erwachsener hatte der Frau das angetan, sondern ein Jugendlicher im Kapuzenshirt. „Ein sonderbar kichernder Kerl, und gut gerochen hat der auch nicht!"

Sie verdächtigte aus irgendeinem Grund, den sie nicht näher benennen konnte, einen Jungen aus einer Gruppe von Teenagern aus unserer Gemeinde, die auch ich kannte. Mit ihnen gab es immer mal wieder Probleme, weil sie eben nicht nur Würfelspiele spielten oder vor ihren Rechnern saßen, sondern sich das Geld für die neuesten Smartphones und diese manchmal auch gleich selbst auf diese furchtbare Art beschafften.

„Du fährst nach Hause, das mache ich allein!", entschied meine Schwägerin Franziska, als sie hochoffiziell die Ermittlungen übernahm. Allerdings hatte sie meinem Argument „Du hast doch gar keine Ahrung, wo die sich immer aufhalten!" nichts entgegenzusetzen und ließ, mit einem unschön verzogenen Mund protestierend, meine Begleitung zu. „Aber wir nehmen nicht deinen Wagen!"

Wir fanden die Heranwachsenden vor einer alten Scheune, die längst abgerissen sein sollte. In der hatten sie sich ihr „Winterquartier" eingerichtet, das sie mit einem kleinen Christbaum davor im Schnee und einer Lichterkette daran dekoriert hatten. „Der Baum ist bestimmt eine Baumspitze aus dem Wald und die Lichterkette im Drogeriemarkt geklaut", knurrte Franziska, als wir eine filmreif quietschende und fast im wörtlichen Sinne aus dem Rahmen fallende Tür öffneten und eintraten.

Meine Schwägerin wollte die jungen Leute mit ihrem Dienstausweis beeindrucken, ich mit der Tatsache, dass ich Pfarrer ihrer Gemeinde war. Beides wirkte aber nicht, denn die Jungen erhoben sich aus ein paar Sitzsäcken, kamen drohend auf uns zu und bauten sich in einer Reihe vor uns auf.

Aiko war etwas kleiner als ich, den schon erwähnten Kopf ungefähr, er bemühte sich sehr, furcherregend auszuschauen. Noch kleiner war Ragnar, zwei Köpfe kleiner als ich, er hob sich auf seine Schuhspitzen, um uns einzuschüchtern, und stemmte die Hände in die Hüften, um noch breiter zu wirken. Tom hatte das nicht nötig, er war einen Kopf größer als ich und schien auf eine Gelegenheit zu warten, Franziska angreifen zu können. Keine Gefahr schien Norman darzustellen. Er war etwa so groß wie ich und hielt sich mit verschränkten Armen im Hintergrund. „Schade, dass dir das Opfer nur sagen konnte, der Täter sei etwa einen Kopf größer gewesen als sie", flüsterte Franziska enttäuscht …

Wissen Sie, wer der Täter war?

Eine weihnachtliche Lesung

Eine „weihnachtliche Lesung" versprach das Plakat im Schaufenster der kleinen Buchhandlung in der Innenstadt. Aber nicht das „Weihnachtliche" oder die Lesung selbst waren die Argumente, die an diesem Abend kurz vor dem Heiligen Abend Interessierte in den hinteren Teil des Verkaufsraumes zogen, sondern die beiden Worte in dem roten Kasten in der Mitte. „Eintritt frei" stand dort und die Menschen nutzten die Gelegenheit, in der Adventszeit etwas zu sparen. Auch meine Schwägerin, mein Bruder und ich wollten uns diese kostenlose Auszeit vom vorweihnachtlichen Hochbetrieb gönnen.

„Wir dürfen heute nicht nur eine Autorin in unserem Haus begrüßen", empfing die Inhaberin des Geschäfts die Besucherinnen und Besucher, „sondern gleich drei Autorinnen, die uns ihre Werke vortragen werden!"

Erwartungsvoll beobachtete das Publikum, wie die als Weihnachtsfrauen mit Mützen verkleideten und identisch geschminkten Künstlerinnen am festlich dekorierten Tisch vor dem riesigen Foto mit dem Weihnachtsdorf Platz nahmen, sich mit den bereitstehenden Getränken auf die anstehende Aufgabe vorbereiteten und ihre Tischmikrofone prüften.

Die Autorin ganz links eröffnete die Veranstaltung und informierte, dass es nicht nur eine Lesung, sondern zugleich einen kleinen Weihnachtswettbewerb geben werde, bei dem die Besucher die Geschichten am Ende bewerten sollten. „Und unsere einheitliche Verkleidung dient dazu", fügte sie mit einem Lächeln an, „dass Sie alle sich auf die Texte konzentrieren können und nicht durch Äußerlichkeiten in Ihrer Entscheidung beeinflusst werden!"

Dolores las eine eintausendvierundzwanzig Zeichen lange Geschichte, in der ein Privatdetektiv den Diebstahl einer Pyramide aufklärte und dadurch das Weihnachtsessen mit der Familie verpasste. In Hazels eintausendvierundzwanzig Zeilen langer Geschichte retteten zwei Kinder gemeinsam mit einem Rentier ein Lager mit Weihnachtsgeschenken und stellten den Brandstifter. Und auch Lydia hielt in ihrer eintausendvierundzwanzig Wörter langen Geschichte mit dem Kommissar, der einen Wunschzettelfälscher jagte, einige Überraschungen für die Zuhörer bereit.

Eine böse Überraschung erlebte nach dem Ende der Lesung die Ladeninhaberin, denn ein handsignierter Kriminalroman eines bekannten Schriftstellers war aus der offenen Vitrine neben dem Fenster verschwunden.

„Ich habe es gesehen, ich habe alles gesehen!", rief eine aufgeregte ältere Frau, eine Kundin der Buchhandlung, die selbst jede Woche einen Krimi kaufte. „Obwohl sie es wirklich ganz unauffällig gemacht hat. Die eine Autorin hat das Buch gestohlen, die mit der längsten Geschichte, mir fällt ihr Name nicht mehr ein ...!"

Aber Ihnen fällt der Name ein und Sie wissen, wer die Täterin war?

Weihnachtsmann mit langen Fingern

„Die Weihnachtsgeschenke für die ganze Siedlung sind tatsächlich weg!", stellte meine Schwägerin Franziska entsetzt fest, als wir im tiefen Schnee vor dem alten, längst verfallenen Gebäude der ehemaligen Gaststätte „Sonnenschein" standen und durch eine schmutzige Scheibe in einen völlig leeren Raum im Anbau starrten. „Und ich bin schuld!"

Die Weihnachtsgeschenke für die ganze Siedlung waren tatsächlich weg, aber Franziska war nun wirklich nicht schuld daran. „Doch, bin ich!", reagierte sie wie eine trotzige Dreizehnjährige auf meinen Versuch, sie zu trösten. „Sie wollten eine professionelle Bewachung durch die Polizei, aber die konnte ich ihnen natürlich nicht geben. Unvorstellbar, unmöglich! Die Polizei bewacht keine privaten Geschenkelager, wir bewachen ja auch nicht den Bierkeller von Onkel Oskar. Was ich ihnen hätte geben können, wäre eine private Bewachung durch mich gewesen. Aber auch die war unvorstellbar und unmöglich. Irgendwann hätte ich ja auch einmal arbeiten, irgendwann hätte ich mir zu Hause auch einmal die Zähne putzen müssen. Aber trotzdem bin ich schuld!"

Schuld war aber nur derjenige, der die Geschenke gestohlen hatte. Und den konnten wir nur finden, wenn die Spuren gesichert und ausgewertet wurden. „Hier draußen gibt es keine Spuren, nur die von uns beiden!", erklärte Franziska. „Es hat die ganze Nacht geschneit. Höchstens drinnen! Aber wie kommen wir da rein?"

Gar nicht, fanden wir bald heraus, denn es gab nur einen Schlüssel. Und den hatte der Weihnachtsmann, also der Mann, der in diesem Jahr als Weihnachtsmann verkleidet durch die Siedlung ziehen und die eingelagerten Geschenke verteilen sollte. „Was bedeutet es, wenn es nur einen Schlüssel gibt, am Schloss nicht manipuliert und die Tür nach dem Diebstahl wieder verschlossen wurde?", wollte Franziska wissen und ich konnte antworten: „Der Weihnachtsmann hat die Weihnachtsgeschenke gestohlen!"

Leider war auch in diesem Jahr wieder geheim, wer dieser Mann war. Damit besonders die Kinder nicht auf die Idee kamen, dem Weihnachtsmann unauffällig zu folgen und in dem Lager heimlich nach ihren Geschenken zu suchen. Es hatten sich nur die Namen von drei Kandidaten herumgesprochen, die von der Siedlungsgemeinschaft gebeten worden waren. Brandl, Simons und Joswig.

„Was ist das denn?", murmelte Franziska, während sie auf das Display ihres Mobiltelefons starrte und eine Nachricht von einem unbekannten Absender las. „12-04-09-24-19-12" sollte der Code für den Namen des Weihnachtsmannes sein. Sie steckte ihr Handy wieder ein. „Eine Zahl steht für einen Buchstaben, gleiche Zahl bedeutet gleicher Buchstabe. Aber den Code knacken wir nicht so schnell."

Kennen Sie den Namen des diebischen Weihnachtsmannes?

Die entführte
Kommissarin

„Franziska ... wurde ... entführt!", stammelte mein Bruder Martin am Telefon und ich war genauso erschüttert wie er. „David, kannst du zu mir kommen? Ich möchte jetzt nicht allein sein!"

Eine Viertelstunde später saß ich Martin am Tisch in der Küche ihrer Wohnung gegenüber. Als Bruder, als Schwager, aber auch als Seelsorger. Wir beachteten den Kaffee in den Tassen und die Zimtsterne in der Schale mit den aufgedruckten Christbaumkugeln nicht, warteten auf den zweiten Anruf des Entführers und schwiegen. Irgendwann brach Martin das Schweigen. „Niemand entführt eine Polizistin, weil er Lösegeld will!", schluchzte er, „Jemand entführt eine Polizistin, weil er Rache will! Dahinter steckt etwas Furchtbares!" Trotzdem wollte er sich an die etwas ungewöhnliche Anweisung „Keine Polizei!" halten und Franziskas Kollegen noch nicht informieren.

Eine halbe Stunde später klingelte das Telefon und Martin nahm das Gespräch mit zitternden Händen an. Tränen traten in seine Augen, als der Entführer seine Forderung akzeptierte, ihn mit seiner Frau sprechen ließ und er fragen konnte: „Geht es dir gut, Schatz?"

„David, das war im letzten Monat der Fall, als ich da tief zu Hause in mir die Freude darüber spürte, mit dir zusammen zu sein", antwortete Franziska mit fester Stimme, dann brach nach einem kurzen Gerange das Gespräch ab.

Mein Bruder sah mich verständnislos an. „Was war das denn jetzt? Warum nennt sie mich David und warum war sie im letzten Monat mit dir zusammen? Hat der ihr Betäubungsmittel gegeben?" Er sah mich an und ich dachte angestrengt nach.

„Nein, keiner von euch war im letzten Monat irgendwie mit mir zusammen, wir hatten keine Zeit", erklärte ich. „Wir hatten nur diese Fälle, die sie bearbeitete und bei denen ich ihr half. Den ersten Fall gleich Anfang November, mit dem Typen, Herold, der eine Radfahrerin anfuhr und floh, den zweiten Fall mit Thobe, dem Sprayer, der sich selbst Glasscheibenverschönerer nannte. Raab im dritten Fall, den schönen Trickbetrüger, der Rentnerinnen verzauberte. Und den Schläger Rabe, der seinen Schwager verprügelte und dann seinen Sohn beschuldigte. Sonst nichts! Es war die Ruhe vor dem Advent."

Glücklicherweise war ich so geistesgegenwärtig gewesen, das Gespräch mit meinem Smartphone aufzunehmen. Wir hörten die Aufnahme noch einmal ab und plötzlich fiel mir etwas auf. „Es ist eine geschickt verpackte Botschaft, es sind keine wirren Worte! David, weil ich gemeint bin, Fall, weil sie einen Fall meint, einen im letzten Monat, und zu Hause, weil die Person in diesem Fall sie bei sich zu Hause festhält! Aber auf welchen Fall weist sie hin?"

Wir sahen uns an und wir sahen es – sie hatte nicht „da tief" gesagt, sondern „Dativ" …

Wissen Sie, wer der Täter war?

Hinweis auf
den Mörder

„Die Frau Kurth ist nicht da, da können Sie auch noch zehn Mal klingeln, die ist im Krankenhaus!", blaffte mich eine weibliche Stimme im Treppenhaus von hinten an, als ich zum erst zweiten Mal bei Frau Kurth klingelte. Ich drehte mich um und die Augen der Besitzerin der energischen Stimme weiteten sich. „Oh Gott, Herr Pfarrer! Ich dachte doch ... Guten Abend! Ich wollte nur ... Hallo!"

Nachdem wir die Begrüßungsformalitäten erfolgreich bewältigt hatten und sie mir mehrfach versicherte, dass sie mich für einen Fremden, natürlich aber für einen ohne böse Absichten gehalten habe, sagte ich: „Frau Kurth hat mich angerufen, weil sie früher als erwartet aus dem Krankenhaus entlassen wurde. Sie wollte sich hier mit mir treffen, um noch ein paar Dinge für die Messe am Weihnachtsfeiertag zu besprechen."

Die Frau zuckte mit den Schultern, klingelte selbst noch einmal und holte dann einen Schlüssel für die Wohnung. „Ich habe zwar einen, aber ich konnte die Katze von Frau Kurth nicht versorgen. Katzenhaarallergie. Deshalb fütterten drei Verwandte von ihr das Tier abwechselnd."

Sie öffnete die Tür und wir betraten die Wohnung. Und fanden Frau Kurth, tot auf dem Boden vor dem Wohnzimmertisch liegend, mit einer Platzwunde am Hinterkopf.

Ich rief Franziska an, informierte sie über den möglicherweise gewaltsamen Tod von Frau Kurth und erzählte ihr auch von den rätselhaften Buchstaben „NEF". Mit wahrscheinlich letzter Kraft vom Opfer auf die Tischplatte geschrieben, wie der Bleistift in der Hand der tödlich verletzten Frau bewies.

„NEF ist die Bezeichnung für ein Notarzteinsatzfahrzeug", dozierte meine Schwägerin, „nicht zu verwechseln mit dem NAW, dem Notarztwagen, der ...!" Ungeduldig unterbrach ich sie. „Schön! Pack dein Wissen ein, mach ein Schleifchen dran und schenk es mir zu Weihnachten. Aber jetzt komm her! Die Frau hat doch nicht den Notarzt mit dem Bleistift gerufen!"

Als die Kommissarin eintraf, vermutete sie, dass Frau Kurth bei ihrer Rückkehr einen Einbrecher überrascht und er sie angegriffen hatte. Allerdings wurde das Schloss nicht gewaltsam geöffnet. „Dann hatte der Einbrecher einen Schlüssel!" Punktgenau trafen drei Besitzer von Schlüsseln am Tatort ein: die Verwandten, die die Nachbarin eilig benachrichtigt hatte. Franziska zeigte sich leicht ungehalten.

„Ich bin der Martin, ich habe die Katze gern für meine Schwester versorgt", erklärte der eine Mann und deutete auf den zweiten. „Wie Markus das gern für seine Tante und Marius es für seine Schwägerin getan hat!"

Meine Schwägerin wiederum nahm mich beiseite und flüsterte: „Vielleicht wollte die Frau mit NEF doch nicht auf das Notarzteinsatzfahrzeug, sondern einen Verwandten als Täter hinweisen?"

Wissen Sie, wer dieser Täter war?

Das Kleid

„So, jetzt muss ich mich aber mal verabschieden!", entschied ich, weil ich mich wirklich verabschieden musste. Schließlich erwartete mich in einer Viertelstunde eine ältere Dame zum Krankenbesuch.

Die fünfzigjährige Frau, in deren weihnachtlich mit einer ganzen Kolonne von Nussknackern und Räuchermännern auf den Schränken dekoriertem Wohnzimmer ich neben dem Christbaum in einem Sessel saß, hob abwehrend die Hände. „Eine Sekunde noch, Herr Pfarrer, nur eine Sekunde, ich muss Ihnen unbedingt noch etwas zeigen!", bat sie, bevor sie aus dem Zimmer huschte und die Tür hinter sich schloss.

Als sie ein paar Minuten nach der angekündigten Sekunde zurückkehrte, trug sie nicht mehr Leggings und ein Oberteil mit langen Ärmeln wie zuvor, sondern ein perfekt sitzendes schwarzes Kleid mit kleinen silbernen Sternen auf Vorder- und Rückseite. „Das hatte ich gestern an, beim jährlichen Treffen zwei Tage vor Heiligabend mit meinen Freundinnen. Was meinen Sie, kann ich das auch morgen anziehen, wenn ich bei meiner vielleicht künftigen Schwiegermutter zum Festessen eingeladen bin?"

Ich war sprachlos. Aber nicht weil das nicht zu enge und nicht zu weite knielange Kleid etwa atemberaubend ausgesehen hätte, sondern weil dieses Kleid der Beschreibung der Täterin in einem ungeklärten Mordfall entsprach, die mir meine Schwägerin Franziska gezeigt hatte. In ihrer Aussage beschwerte sich eine Zeugin über das „enge, sehr enge, fast schon unanständig enge Kleid" der beobachteten Täterin.

Stand ich hier einer Mörderin gegenüber? Was sollte ich tun? Fluchtartig diese Wohnung verlassen? Laut um Hilfe rufen? Die Kommissarin konnte ich nicht unauffällig anrufen.

Die Frau, Constanze, deutete mein ängstliches Schweigen als Begeisterung und erzählte stolz: „Meine beiden Freundinnen und ich, jede von uns hat sich vor zwei Jahren so ein hübsches Teil gekauft als Zeichen unserer Verbundenheit. Damals, als wir noch alle das gleiche Gewicht hatten und die gleiche Konfektionsgröße trugen. Leider haben wir nicht bedacht, dass wir uns körperlich verändern, also ein wenig abnehmen oder etwas zunehmen werden, und es dann nicht mehr so passt wie beim Kauf. Elke hat unfreiwillig die erste Variante gewählt, Cornelia gezwungenermaßen die zweite und ich die dritte. Ich bin so geblieben, wie ich früher war."

Mir wurde klar, dass ich nicht einfach gehen durfte. „Dieses Kleid ist tatsächlich wunderschön! Würden Sie mir einen großen Gefallen tun und meiner Schwägerin von meinem Handy aus ein Selfie mit Ihnen in diesem Kleid schicken? Sie liebt solche Kleider über alles!" Sie kannte Franziska und schickte das Foto voller Freude ab. Dass Franziska Kleider hasste, ahnte sie nicht ...

Wissen Sie, wer die Täterin war?

Bankraub mit Geiselnahme

Der Herr hielt am Morgen dieses Heiligen Abends in der wunderbar weihnachtlich geschmückten kleinen Straße seine schützende Hand über mich und ich hatte außerdem auch noch Glück. Nicht weil ich auf dem wegen der enormen Schneemengen, die vom Himmel fielen, nur mäßig geräumten und gestreuten Fußweg nicht ausrutschte. Nicht weil ich am Geldautomaten im Vorraum der Bankfiliale problemlos Geld ziehen konnte. Und auch nicht weil ich schon beim ersten Mal meine Geheimzahl korrekt eingab und meine Girocard deshalb nicht vom Gerät eingezogen werden musste. Nein, ich hatte Glück, weil ich den Eingangsbereich der Bank vier Minuten vor dem Mann verließ, der maskiert und mit einer Handfeuerwaffe die Filiale überfiel.

Natürlich war dem Mann bewusst, dass sich derartige Überfälle für den Täter heutzutage überhaupt nicht mehr lohnen und durch die modernen Sicherungen eigentlich fast unmöglich sind. Deshalb verfolgte er auch einen ganz anderen Plan. Er wusste von Bekannten, die an diesem Tag größere Geldbeträge abholen würden wie die Polizei später herausfinden sollte. Und diesen Bekannten wollte er das Geld noch in der Bank abnehmen. Er plante also nicht einen Banküberfall, sondern drei Raubüberfälle gleichzeitig an einem einzigen Ort.

Allerdings lief sein Vorhaben dann doch etwas anders als vorgesehen, denn einer der Angestellten gelang es, stillen

Alarm bei der nahen Polizeidienststelle auszulösen, und die Beamten trafen mit drei Streifenwagen viel zu früh für den Räuber ein. So eskalierte die Situation und wurde zu einer Geiselnahme. Und ich saß ein paar Meter weiter in meinem Wagen, telefonierte und bemerkte von alldem nichts ...

Als jemand die Beifahrertür meines Wagens aufriss, erschrak ich fast zu Tode, fuhr aus dem Sitz hoch und stieß mit dem Kopf gegen die zu dieser Jahreszeit völlig unnötige Sonnenblende. Mein erster Impuls war, im Rahmen meiner begrenzten körperlichen Möglichkeiten durch die andere Tür aus dem Wagen zu fliehen und um mein Leben zu laufen. Ich tat es nicht, weil ich – schon mit der Hand an der Türverriegelung – gerade noch rechtzeitig meine Schwägerin Franziska erkannte, die Kriminalhauptkommissarin.

Sie betrachtete mich und mein Mobiltelefon und ihre Augenbrauen wanderten nach oben. „Wenn ich nicht wüsste, dass dir genau wie deinem Bruder die Harmlosigkeit schon in den Babybrei gemischt wurde, müsste ich denken, dass du der zweite Mann bist, der von außerhalb diesen missglückten Banküberfall koordiniert." Sie grinste frech. „Du koordinierst doch nicht, oder?"

Natürlich koordinierte ich nicht, aber ich bot mich als Geisel im Austausch gegen die anderen Geiseln an, nachdem mir Franziska als meine Schwägerin und nicht als Einsatzleiterin berichtet hatte, was passiert war. Die Kommissarin winkte ab. „Vergiss es, dein Bruder streicht mir die Weihnachtsgeschenke, wenn ich so einer absurden Idee zustimme!"

Minuten später war sie gezwungen, zuzustimmen, denn als der Geiselnehmer mich als Pfarrer vor der Bank erkannte, forderte er genau mich. Leider nicht im Austausch gegen die Geiseln, sondern als Vertrauensperson, Unterhändler, Bote, also als weitere Geisel. Ich war trotzdem einverstanden, musste laut Anweisung meinen Mantel ablegen und betrat mit erhobenen Händen d e Filiale. „Schau dir alles an und präge dir alles ein!", hatte mir Franziska vorher eingeschärft. „Jede Kleinigkeit kann wichtig sein, wenn wir doch das SEK reinschicken müssen!"

Viel gab es in der Bank allerdings nicht zu sehen, keine baulichen Besonderheiten, keine weitere Ausrüstung des Geiselnehmers. Nur eine Frau in einer weißen Bluse am Schalter, die am ganzen Körper zitterte, einen Mann in einer blauen Jeans auf dem Boden sitzend, einen seltsamen Typen in einer schwarzen Hose neben dem Mann, eine Frau in einer dunkelblauen Bluse, reglos vor einem Drucker stehend, einen Mann in einer schwarzen Jacke und den maskierten Geiselnehmer. Und eine offene Sporttasche mit etwas, das wie ein Wecker aussah und dessen Ziffern böse blinkten.

„Bleiben die Bullen, fliegt hier in fünf Minuten alles in die Luft, ziehen sie ab, lasse ich alle Geiseln frei!", erfuhr ich. „Richten Sie das der Polizistin aus!" Kein Täter aus unserer Gemeinde, aber ein Tatort in unserer Gemeinde.

Franziska und ihre Kollegen mussten nach meiner laienhaften Beschreibung erst einmal von einem Sprengsatz ausgehen, deshalb wies sie über Funk a le eingesetzten Beamten an, sich zurückzuziehen. Dem Code nach, den sie verwendete, aber nicht völlig, sondern nur zurück in eine Nebenstraße.

Der Täter hielt Wort, denn kurz darauf öffnete sich vorsichtig die gläserne Eingangstür und mehrere Menschen drängten heraus. Alle offenbar traumatisiert, sich unsicher bewegend und, weil ihre Münder mit Klebeband verklebt waren, nicht in der Lage, sich zu äußern.

Weil Polizisten nicht mehr zur Verfügung standen, brachten Notfallsanitäter die Geiseln in Sicherheit, die Frau in der dunkelblauen Bluse, den Seltsamen in der schwarzen Jacke, den Mann in der blauen Jeans, den in der schwarzen Hose, die Frau in der weißen Bluse und den Mann in der blauen Jacke.

Als einige von ihnen dann doch sprachen und darauf bestanden, nicht verletzt zu sein und nach Hause gehen zu wollen, wandte ich mich an die in der Kälte ebenfalls frierende Kommissarin. „Irgendetwas stimmt da nicht, irgendwie sind mir das zu viele Geiseln!"

Wissen Sie vielleicht, wer die „überzählige" Geisel und somit der Täter war, der unauffällig verschwinden wollte?

Lösungen

Der Täter versteckt sich unter der Plane von Balthasar – weil die fünfte Figur von rechts nach der beschriebenen Anordnung Balthasar ist.

Hauck ist der Täter – weil niemand an den sich Unterhaltenden in der dritten Etage vorbeigeht und so nur Hauck aus der vierten Etage die Möglichkeit hat, unbemerkt in die Wohnung des Opfers in der fünften Etage zu gelangen.

Uhde ist der Täter – weil von den drei Verdächtigen nur er die Temperatur wie der Täter in der Form „... Grad minus" angibt und nicht als „minus ... Grad".

Die blonde Frau ist Täterin – weil nur sie korrekt formuliert, dass es im Sommer eher hell und später dunkel wird als im Winter.

Paula ist die Täterin – weil nach der beschriebenen neuen Methode das vergiftete Geschenk für Julius (Mitarbeiter 3) von Paula (Mitarbeiterin 6) geschenkt wird.

 Der Täter ist nach dem Wechsel in dem schwarzen Fahrzeug unterwegs – weil der blaue Wagen nur ein- und der schwarze nur ausfährt.

 Die Frau im Anorak ist die Täterin – weil links nur in Melach, Anfurt, Rondorf und Fiwald ausgestiegen wird, Rondorf somit der dritte dieser Haltepunkte ist und dort die Frau im Anorak aussteigt.

 Der Mann mit der Mütze, also nicht der Enkel, ist der Täter – weil sich das Drogenlager auf der Ostseite unter der Burg befindet, der Mann den südlichen Einstieg benutzt und im Gang „entgegen dem Uhrzeigersinn", also nach Osten, unterwegs ist, wogegen sich der Enkel vom Drogenlager wegbewegt.

 Der Sohn ist der Täter – weil er einen Löffel schon vorher heimlich in seine Tasche gesteckt hatte und deswegen bei ihm zwei Löffel gefunden werden.

 Der „Leipziger" ist der Täter – weil vier Klebestreifen verwendet wurden und genauso viele Streifen nötig sind, wenn aus den Buchstaben „L" auf zwei Kennzeichen die Buchstaben „E" geklebt werden sollen.

Der Bruder ist das Opfer – weil er nach der genannten Reihenfolge und der jeweils vorgesehenen Menge die Klöße Nummer dreizehn und vierzehn bekommt.

Lucia ist die Täterin – weil sie, ohne zu fragen, an den Tatort kommt, die Kommissarin diesen Ort ihr gegenüber aber gar nicht erwähnt hat und sie somit Täterwissen verrät.

Raimo ist der „Täter" – weil er Sten, Leo und Ove die richtigen Anweisungen zum Treten gibt, die Anweisung für Alan aber die falsche für eine 9 ist und dadurch „2029" im Schnee steht.

Der Schlanke ist der Täter – weil der Pfarrer den Alten, den Schlanken und den Großen verdächtigt, der Wirt aber von den Verdächtigen nur die ständige Anwesenheit des Alten und des Großen bestätigt.

Felix ist der Täter – weil nur er in der Pause beim Zimmerwechsel von Zimmer 01 zu Zimmer 15 den Treppenabschnitt zwischen der zweiten und der dritten Etage benutzte.

 Der Mann ohne Mütze ist der „schwere Junge", der Täter – weil er schwerer als der Mann mit der Bommelmütze und der wiederum schwerer als der Mann mit der Mütze ohne Bommel ist.

 Die Schwarzhaarige ist die Täterin – weil die im Durchmesser viertkleinste Münze mit dem Fingerabdruck die 5-Cent-Münze und auf dem Foto die Schwarzhaarige mit dieser Münze zu sehen ist.

 Norman ist der Täter – weil die Frau den Räuber als „einen Kopf größer" als sie selbst beschreibt, der Pfarrer ebenfalls einen Kopf größer als die Frau ist und nur Norman so groß wie der Pfarrer ist.

 Hazel ist die Täterin – weil die 1024 Zeilen lange Geschichte von Hazel selbstverständlich länger ist als eine mit 1024 Wörtern oder 1024 Zeichen.

 Simons ist der Täter – weil nach dem Code der erste und der letzte Buchstabe des Namens des Weihnachtsmannes gleich sind und das nur bei Simons so ist.

 Raab ist der Täter – weil die Kommissarin mit „Dativ" die Person im dritten Fall im letzten Monat als Täter entlarvt.

Markus ist der Täter – weil die Buchstaben NEF nicht auf den Bruder oder den Schwager, sondern der Neffen als Täter hinweisen.

Cornelia ist die Täterin – weil sie nach der Information von Constanze die einzige Verdächtige ist, die zugenommen hat, und deshalb nur sie das „fast schon unanständig enge" Kleid getragen haben kann.

Der Mann in der blauen Jacke ist der Täter – weil er vom Pfarrer bei der Beschreibung der Geiseln in der Bank nicht erwähnt wird und somit nur er der Täter sein kann.

Jens Klausnitzer

wurde „im letzten Jahrhundert" geboren, arbeitete nach einem „halben" Studium in verschiedenen Berufen, war Maschinist, Kranfahrer, Schlosser, Monteur und zuletzt Abteilungsleiter, außerdem nebenberuflich Journalist für eine große regionale Tageszeitung, bis er 1999 seinen langjährigen Traum verwirklichte und als freier Autor zu arbeiten begann. Seitdem schreibt er Kurzkrimis, Satiren und vor allem Ratekrimis für Zeitungen und Zeitschriften sowie Radio- und TV-Stationen und Internetportale in Deutschland, Österreich und der Schweiz, bisher mehr als zweitausend für Kinder und Erwachsene, und arbeitete so schon für Rheinische Post, Echo der Frau, OBI, BILD, Saarländischer Rundfunk, Troll, Deutsche Post, Burger Knäcke, MDR, Bild der Frau, Kronen Zeitung, TV Hören und Sehen, Sat1-Text und viele mehr.

Einige der veröffentlichten Geschichten wurden zum Beispiel als Mini-TV-Serie im MDR ausgestrahlt und dabei von einer echten Tatort-Kommissarin vorgestellt, andere als Hörspiele vom Off-Sprecher einer bekannten Doku-Soap eingesprochen und als Adventskalender-Krimi im MDR-Hörfunk gesendet.

2004 erschien sein erstes Kinderbuch, dem weitere folgten. Der Autor ist Vater einer Tochter, die als Kind mit seinen Texten als Pokémon in einer Rätsel-Serie bei Radio PSR auf Sendung war, und ist seit vielen Jahren glücklich mit seiner Studentenliebe verheiratet.